LA PREDA DELL'ALFA

RENEE ROSE

LEE SAVINO

Traduzione di

ANNALISA LOVAT

Midnight
ROMANCE

OTTIENI IL TUO LIBRO GRATIS!

Iscrivetevi alla newsletter di Renee per ricevere Indomita, scene bonus gratuite e notifiche riguardo a nuove pubblicazioni!

https://subscribepage.com/reneeroseit

CAPITOLO UNO

Caleb

La neve scricchiola sotto ai miei stivali. Scuoto la testa per levarmi dal naso l'odore ferroso del sangue.

Diventerò matto.

No. C'è qualcosa di malvagio in agguato in questi boschi. Mi ha attirato fuori dalla mia baita oggi pomeriggio, portandomi a camminare nella boscaglia.

È come un brivido dietro al collo.

L'odore immaginario del male nelle mie narici. So che non è reale, perché pur cercando a fondo, non trovo nulla.

Nessun corpo maciullato e lasciato a pezzi sulla riva del fiume. Nessun grido da parte della mia compagna e del cucciolo.

Potrebbe essere solo un frutto della mia immaginazione mescolata al ricordo… l'incubo. Causato dal trauma della loro morte ancora inspiegata, avvenuta tre anni fa. Causato dal troppo tempo passato con le sembianze di orso da allora. Sono più bestia che uomo di questi tempi, e so che si vede.

Ho sentito i lupi di Tucson che bisbigliavano parlando di me quando sono stato lì a combattere il mese scorso.

L'orso avrebbe dovuto essere abbattuto dopo che ha perso la sua compagna. Finirà con il fare del male a qualcuno un giorno o l'altro.

È vero.

Lasciare il mio letargo invernale per andare in Arizona a combattere contro quel grizzly è stato stupido. Non avrei mai dovuto permettere a quell'idiota di Trey di convincermi. Dovrei restarmene rintanato nella mia baita per tutto l'inverno. Ma lui sapeva esattamente come stuzzicare l'orso. Ha insinuato qualcosa di oscuro riguardo al grizzly contro cui avrei lottato, e cazzo, mi ha davvero costretto ad andare ad annusare quello stronzo con il mio naso.

Metti mai che fosse l'orso che aveva ucciso la mia famiglia.

Non era lui. Era un comunissimo grizzly mutante. Grezzo, come la maggior parte degli orsi, ma non sbagliato. Non malvagio.

Ma almeno me ne sono tornato a casa con i soldi del combattimento. Ero davvero al verde prima. Avevo dato buona parte dei miei guadagni del lavoro edile estivo a un collega che ne aveva bisogno per un intervento chirurgico al suo ragazzino, e il resto è evaporato in poco tempo. Ecco il lato negativo di avere gli inverni liberi.

Quindi mi sono alzato. Ho guidato fino al deserto. Ho fatto abbastanza soldi per poter godere di more e salmone per otto mesi.

Ma ora non riesco a rimettermi tranquillo. Ora sono qua fuori con il cazzo che dondola al vento, mentre cammino senza sosta nella foresta.

È scomparsa un'altra donna.

È parte del motivo per cui non riesco a riposare.

C'è un serial killer o rapitore a briglia sciolta qui.

Arrivo alla strada principale prima del previsto. Ho percorso tre miglia nel mio territorio senza neanche accorgermene. Una Subaru blu segue la curva. Non la conosco, il che è strano. Conosco quasi tutte le auto che vanno e vengono lungo questa strada, almeno durante l'inverno. Fisso il SUV quando mi passa accanto, e quando vedo chi c'è alla guida impreco sottovoce.

Una donna sola. Una rossa dalle curve morbide, con un'espressione non-fatemi-incazzare in faccia. Sola, con delle valigie in auto.

Merda.

I brividi dietro al collo si fanno più intensi.

So dove sta andando. È diretta alla stazione di ricerca dell'Università del Nuovo Messico. È una piccola baita a dieci miglia da qui, sulla strada forestale statunitense.

Non me ne fregherebbe un cazzo, se negli ultimi otto mesi da questa foresta non fossero scomparse tre donne sole.

Tre.

E considero questa fottuta foresta mia. Sono il primo predatore. Nessun'altra creatura – bestia o umano – dovrebbe venire qui a uccidere degli umani.

Soprattutto femmine.

Non sono un affascinante cavaliere, e di certo nessuno mi ha mai considerato un gentiluomo, ma proteggere le femmine è una cosa fortemente radicata dentro di me.

Percorro il crinale, osservando l'auto. Accosta e parcheggia all'unico piccolo supermercato della nostra minuscola cittadina.

Dannazione.

A quanto pare passerò la prossima settimana a giocare alla guardia del corpo della determinata ricercatrice.

3

Quella troppo stupida da sapere che non è il caso di venire qui in marzo. Da sola.

Soprattutto quando c'è un serial killer allo sbaraglio.

≈

Miranda

Accosto al minimarket a lato della strada a Pecos per comprare le scorte per la settimana.

Non avevo programmato di tornarci fino alla tarda primavera, ma la mia ricerca sugli anelli degli alberi non poteva aspettare. Ho una dissertazione da pubblicare entro giugno, e per rispettare la scadenza ho bisogno di numeri. Ora.

La voce del dottor Alogore mi risuona ancora nella testa. *"Un altro ritardo e perderai i fondi. Procurati i numeri. Adesso."*

Quando ho ribattuto dicendo che era marzo, ancora inverno nelle nostre montagne di Sangre de Cristo, la punta più meridionale delle Montagne Rocciose, e…

"Non vedo i tuoi colleghi ricercatori richiedere lo stesso tipo di trattamento speciale per le loro ricerche."

Sento avvampare le guance mentre mi rivolge un sorrisino. Attorno al tavolo i miei colleghi ricercatori, tutti maschi, sorridono con lui. Non occorre che mi guardi intorno per capire che stanno tutti tacitamente ridendo di me. Replicano qualsiasi cosa il dottor Alogore dica o faccia. Si vestono addirittura come lui, compresa l'inguardabile cravatta a quadri e gli scarponcini Dockers.

"Va bene," mormoro, abbassando gli occhi sulla mia cartellina gialla. Un punto di colore luminoso in una stanza altrimenti scialba, scelta perché mi dia una scintilla di gioia in questa giornata fiacca. Ma oggi è solo gialla, il colore dei codardi.

4

"Detto fatto, dolcezza," dice il dottor Alogore alla mia camicetta. *Vorrei posarmi una mano sopra al twin set che indosso, ma mi fermo in tempo. Sento lo sguardo di tutti i miei colleghi maschi sul mio modesto maglioncino. Mia nonna si veste in modo meno conservatore di me, ma richiamo comunque occhiate lascive come se indossassi solo la lingerie. Il modo in cui questi tizi mi guardano mi fa sentire come se mi stessero immaginando nuda. Forse lo stanno davvero facendo. Sì, ho il seno grosso. Anche il resto del corpo è piuttosto morbido. Questo non significa che abbiano il diritto di trattarmi in modo diverso.*

"Se è tutto, andiamo a pranzo. Offro io," dice il professore. *Tutti mormorano frasi di riconoscenza, tranne me. Il dottor Alogore predilige luoghi di ritrovo dove le donne ballano sui tavoli.*

Prendo la mia cartellina e sgattaiolo fuori in corridoio.

"Ehi, Miranda." Uno dei miei alti colleghi si separa dal branco *con le Dockers ai piedi e viene ad alitarmi sul collo. Mi volto e inspiro un'alitata che sa di cipolla. Sorride come uno squalo, gli occhi fissi sul mio petto.* "Vengo su ad aiutarti a raccogliere quei dati."

Bleah.

"No, grazie," mormoro, *e mi stringo il cardigan davanti, chiudendolo. Non ho neanche una maglia scollata. Questi tizi sono davvero dei viscidi.*

"Andiamo. Posso darti una mano. C'è da avere paura in montagna in questo periodo dell'anno," dice con falsa preoccupazione. *"Ci andiamo insieme e posso aiutarti a raccogliere tutto in tempo record. Poi puoi pagarmi la cena, per ringraziarmi."* Il suo sorriso si *fa più grande.* "Posso aiutarti con i ritrovamenti, e possiamo dividerci il merito a metà."

Ed eccolo qua. Uno sfacciato tentativo di fregarmi la ricerca.

"Uh, no grazie," Chiudo le spalle e stringo la cartellina davanti *a me.* "Cos'è, pensi di poterti infilare all'ultimo minuto e che metterò il tuo nome sulla relazione?"

Scrolla le spalle. "Avrebbe senso, letteralmente…"

"No. Faccio io." Abbasso la testa e cammino più veloce che posso. *Nessuno mi ingannerà levandomi la mia ricerca. Non questa volta.*

Questa relazione potrebbe fare la differenza tra un altro anno di merda come post-dottoranda nel laboratorio del dottor Alogore e un'effettiva posizione professionale da qualche parte. Da qualsiasi parte. Ovviamente una cattedra non mi garantirebbe ancora il rispetto nel mio campo. Ho visto un sacco di donne, nell'ambito della scienza, sminuite quotidianamente, e so benissimo che dovrò combattere per l'uguaglianza dei diritti a ogni passo di questo percorso. Probabilmente fino al momento in cui andrò in pensione.

Mai arrendersi, mai cedere. Questo è il mio motto.

Smonto dall'auto a Pecos e prendo le borse della spesa in tela. All'interno sbatto le palpebre mentre i miei occhi si abituano all'illuminazione fioca, in qualche modo deprimente, del minimarket. Sono già stata in questo posto, quindi so cosa aspettarmi, ma mi fa comunque accapponare la pelle. Lurido pavimento in cemento, cibo in scatola antico, con targhette del prezzo altrettanto antiquate. Come qualsiasi minimarket all'ingresso di una forestale statunitense, ha prezzi esosi. Pane in cassetta a quasi cinque dollari, burro di noccioline a otto.

Ho infilato in valigia gli alimenti a lunga conservazione ad Albuquerque, quindi vado al frigorifero per prendere un cartone del latte, uova, bacon e burro. Dovrebbe bastarmi per i cinque giorni che intendo passare quassù.

Porto tutto al bancone, dove un uomo decrepito sta parlando con uno del posto. Mi ignora per due minuti buoni, prima di trascinare svogliatamente le uova verso la cassa, sempre chiacchierando con l'altra persona.

Mi schiarisco la gola.

Il suo interlocutore, ugualmente anziano, saluta ed esce. Il proprietario si volta e mi guarda con interesse. Sì, i suoi occhi vanno alla mia scollatura. "Cosa ti porta quassù, ragazza? Non è il periodo giusto dell'anno per andare a pesca o a fare escursioni."

"Sto andando per qualche giorno al laboratorio di ricerca," dico educatamente. È esattamente la stessa conversazione che abbiamo avuto l'ultima volta che sono venuta qui. Garantito. Sono passati sei mesi. Eppure. Dubito che ci siano un sacco di donne che vengono qui a camminare o a piantare la tenda da campeggio.

"Oh, giusto, giusto. Università del Nuovo Messico, vero?"

"Sì."

Smette di digitare i numeri sulla cassa e mi guarda socchiudendo gli occhi. "Stai attenta lassù da sola. Hai sentito delle donne scomparse?"

Spingo via la paura che mi scorre dentro. L'unica cosa di cui avere paura è la paura stessa. Giusto?

"Ho sentito, sì. Ma ho il mio cane con me. Ed è molto protettivo."

Può essere vero o anche no. Ho un pelosissimo incrocio di pastore tedesco e pastore australiano che adora giocare al riporto. Ma quando abbaia sembra feroce.

"Beh, può darsi che dovrai essere tu a proteggere il tuo cane. Sai che abbiamo un problema con gli orsi in questa foresta, vero?"

Giusto, il problema degli orsi. Me l'ha detto l'ultima volta che sono stata quassù. In quanto ecologista, mi scoccia parecchio quando la gente insinua che il problema siano gli animali. Non sarebbe più corretto dire che la vera criticità sono la sovrappopolazione e la riduzione di spazi per gli animali selvatici?

Quando sono stata qui la scorsa estate, lui si è chinato sul bancone socchiudendo gli occhi e dicendomi: "Stai attenta lassù. C'è un orso rabbioso che gira per la zona. Ha fatto a pezzi una donna e suo figlio qualche anno fa."

"Se qualche anno fa aveva la rabbia, è morto ormai da tempo, non pensa?" Avevo odiato dover usare la scienza e la logica come arma, ma... per favore.

"Beh, magari non ha la rabbia, ma è decisamente feroce," aveva affermato il vecchio.

Non ero riuscita a celare il disappunto che di sicuro era apparso sul mio volto, "Gli orsi non possono essere feroci. Non sono animali domestici."

L'uomo aveva lasciato cadere il mio resto sul bancone e mi aveva guardato storto. "Pazzo, allora! C'è un orso pazzo là fuori. Sbalorditivo. Un animale enorme, con gli occhi gialli e un vero desiderio di distruggere le cose. Nello stesso periodo in cui quella donna è stata uccisa insieme al suo bambino, l'orso ha lacerato con gli artigli ogni albero nel giro di tre miglia."

"Sì, sì, ho sentito del vostro orso," gli dico ora. "Ma non avete avuto nessun problema con gli orsi di recente, giusto?"

"No, sono passati un po' di anni. Ma c'era qualcosa che non andava in quell'animale, te lo dico io. Stai attenta al tuo cane, o quell'orso potrebbe farlo fuori solo per divertimento. Segnati le mie parole."

Giusto. E Bigfoot potrebbe invitarmi a bere il tè. Vorrei ribattere dicendo che gli attacchi da parte di orsi sono molto rari, e che solo perché un animale è un grosso predatore non significa che sia lì appostato per assalire degli umani. La maggior parte degli animali vogliono solo essere lasciati in pace nel loro habitat naturale. E non fatemi iniziare a parlare di come i cartoni animati per bambini dipingano squali, orsi e lupi come i cattivi.

Il tizio indica il numero sul display della cassa. "Ventotto e ventidue."

Già, come ho detto: esoso.

Gli porgo il denaro e cerco di placare la tensione che

ho nello stomaco. "Ok, me lo terrò vicino. Grazie per l'avvertimento."

Nonostante il fatto che abbia appoggiato sul bancone le mie borse riutilizzabili per il cibo, l'uomo ha infilato tutta la spesa in dei sacchetti di plastica.

Li prendo e li svuoto dentro alle sacche di tela, restituendoglieli. "Questi non mi servono, grazie."

Mentre vado verso la porta, lo sento esclamare: "Stai attenta, mi hai sentito?"

"Sì. Certo. Grazie!"

Dentro alla mia Subaru, Orso abbaia allegramente per salutarmi.

Apro la portiera e metto i sacchetti con la spesa sul sedile del passeggero, mentre Orso si tuffa in avanti, cercando di baciarmi il viso dal sedile posteriore. "Sei pronto ad andare alla baita, bello?"

Mugola e cerca di leccarmi ancora un po'.

Sposto il viso e gli do una rapida carezza sulla testa. "Mettiti a cuccia," gli dico.

Prontamente salta lo schienale posteriore e si sistema nel bagagliaio, dove ho messo la sua cesta, accoccolandovisi dentro.

Sorrido guardandolo nello specchietto retrovisore. "Bravo."

Fiocchi di neve cadono sul parabrezza, e rivolgo una preghiera agli dei del meteo. La app che avevo controllato diceva che ci sarebbe stato un leggero miscuglio di pioggia e nevischio, ma che il cielo domani si rischiarerà. Farà fresco, ma dovrei riuscire a completare la ricerca e tornare a casa entro la fine della settimana.

CAPITOLO DUE

Caleb

STA NEVICANDO.

Non riesco a pensare ad altro che alla rossa e se sia arrivata sana e salva alla sua baita. Sento il vento freddo che mi sbatte contro e il mio orso mi dice che ci sarà una brutta tempesta di neve. Il tempo cambia repentinamente quassù.

La buona cosa riguardo alla neve è che potrebbe essere un deterrente per lo psicopatico che va a caccia di escursioniste.

La brutta cosa è che rende la determinata ricercatrice molto più vulnerabile. Se verrà bloccata dalla neve là dentro, non avrà nessun posto dove andare.

Stupida femmina testarda.

No, non stupida. È una scienziata. Probabilmente è estremamente intelligente.

Ma spingo via la mia forzata ammirazione per la tenace e autosufficiente donna che è.

Considero il pericolo che potrebbe trovarsi a dover affrontare. Là fuori c'è qualcosa che minaccia le donne belle e giovani.

Dubito che sia lo stesso pezzo di merda che ha ucciso la mia famiglia, ma gli sto comunque dando la caccia. Perché so cosa vuol dire trovarsi privato di qualcuno a cui si vuole bene. E non me ne starò da parte a permettere che una tale tragedia accada ad altri.

Non nei miei boschi.

Deve abitare da qualche parte qui vicino. Il guaio è che conosco tutti in città. E penso che il mio istinto mi direbbe se ci fosse qualcuno di sospetto a Pecos. E poi riconoscerei l'odore. Non ci si può prendere gioco del mio naso. L'olfatto di un orso è duemilacento volte migliore di quello umano. Sette volte meglio di quello del migliore segugio. E ricordo quell'odore, mescolato a sangue e morte, addosso alla mia famiglia. Non è stato un orso. Non è stato neanche un umano.

Non era nessuno degli odori animali di mia conoscenza.

E magari è una pista, o forse no, ma ho colto l'odore di qualcosa di simile a Tucson. Non lo stesso. Cavolo, se fosse stato lo stesso quell'essere sarebbe morto ora. Ma c'erano alcuni tizi al Fight Club. Erano mutanti, ma non sono riuscito a capire che tipo di animali.

Ed è del tutto illogico.

Ma non mi sono fidato dei miei sensi mentre ero lì. E il trovarmi così circondato da mutanti, essere in città – sempre che Tucson si possa definire città – ha innervosito il mio orso così tanto che ha continuato a scivolare tra forma umana e animale per tutto il tempo che sono rimasto lì. La mia mente è rimasta a malapena intatta. Sono stato irascibile come non mai, e un pericolo per tutti coloro che mi stavano attorno. Non volevo fare altro che tornare sulla I-10 e scappare via il più velocemente possibile.

È solo qui, di nuovo nella mia baita, dove posso essere l'eremita antisociale che sono, che ho potuto analizzare le mie impressioni. Ora avrei voluto essere rimasto lì a fare domande riguardo a quell'odore.

Sto in piedi sulla soglia di casa mia, la porta aperta, e guardo la neve che cade. A quanto pare, tornare in letargo non è un'opzione praticabile. Devo andare a controllare l'umana.

Non intendo salire in auto fino alla baita dei ricercatori: non farei che spaventarla a morte. penserebbe che sono *io* lo stalker psicopatico. Sono sicuro che l'hanno messa in guardia del pericolo. Però ora sta diventando troppo freddo per andarci a piedi. Almeno con sembianze umane.

Potrei aspettare fino a domattina.

Il mio orso brontola.

Cazzo.

A quanto pare ci faremo una passeggiata a quattro zampe.

Mi levo i vestiti e li appallottolo subito dietro la porta, all'interno. Fuori ha iniziato a nevicare più forte. I fiocchi pungono la mia pelle nuda e le piante dei piedi mentre chiudo la porta, ancora in forma umana. Poi chiudo gli occhi e scendo carponi, l'orso sempre vicinissimo alla superficie, pronto a prendere il comando.

Corre.

Ama davvero correre, cazzo.

Se potesse fare come vuole, dovrei rinunciare all'umanità. Girovagare per questi boschi come orso. Dimenticare tutto il dolore, la tragedia. La vita che non sempre vale la pena di vivere.

Gli avevo quasi ceduto nei mesi subito successivi alla

morte di Jen e Gretchen. Volevo farlo. Avevo sperato che divorasse Caleb fino all'ultimo pezzetto, lasciandomi privo della capacità di ritrasformarmi in uomo.

Ma sono intervenuti i lupi. Non so come siano venuti a saperlo, ma il branco di Tucson è arrivato con le motociclette spaventando a morte gli abitanti di Pecos, che pensavano di aver subito l'invasione degli Angeli dell'Inferno.

Mi hanno dato la caccia in branco. Mi hanno messo all'angolo in un combattimento. Sono fortunati che non li abbia uccisi tutti. I lupi mi hanno tenuto fermo e Garrett Green ha preso la sua forma umana e mi ha ordinato di tramutarmi. Aveva in sé sufficiente autorità alfa da indurmi a obbedire.

Mi hanno ritrascinato alla mia baita e sono rimasti con me fino a che non sono tornato umano. Mi hanno costretto a ritrasformarmi ogni volta che tentavo di tramutarmi in orso.

Immagino pensino che dovrei essere loro riconoscente.

Non lo sono.

Odio quei cazzoni.

Mi hanno riportato nel mio dolore. Nella vita che non voglio condurre.

D'altro canto, c'è qualcosa di positivo nel sapere che ho un intero branco di mutanti che mi para il culo. Gli orsi sono generalmente animali solitari, quindi è stato strano sentirsi protetti da un branco. Ancora non so perché l'abbiano fatto.

Perché avrebbero potuto semplicemente venire quassù e abbattermi.

Probabilmente avrebbero dovuto farlo.

Corro nella neve, il mio orso che mugola di piacere nel sentire i fiocchi sul naso, il sapore sulla lingua, l'aria frizzante che rinfresca le orecchie pelose.

Il viaggio fino alla baita dei ricercatori richiede pochissimo tempo, con la mia enorme falcata da orso.

Faccio dure giri attorno, cercando di capire gli odori.

C'è un animale: un cane.

Bene. Sono contento che non sia del tutto sola.

E l'odore della femmina.

Mi solletica piacevolmente il naso. Come fragole e gelato alla vaniglia, solo che non così dolce. Non mi aspettavo di godermelo così tanto. È un odore umano, del resto. Non di certo roba per me.

Il cane inizia ad abbaiare quando mi avvicino di più alla baita. Animale sveglio.

L'alfa dentro di me ringhia, come se volessi insegnargli qual è il suo posto, ma sta facendo un buon lavoro. Protegge la sua umana come dovrebbe.

Mi avvicino lento al retro della baita. Probabilmente non avrò bisogno di fermarmi molto di più. Non scorgo nessun altro odore qui. Ma qualcosa mi attira. Qualche oziosa curiosità riguardo alla temeraria femmina che pensa che venire quassù tutta sola, nel mezzo di una tempesta di neve e con un assassino a piede libero, sia una buona idea.

Mi alzo sulle zampe posteriori e appoggio quelle anteriori sul davanzale, scrutando all'interno.

Cazzo.

La ragazza – cancellare. Questa è una donna, anche se è giovane – ha acceso un fuoco troppo grosso. So che è troppo grosso, perché si è spogliata e indossa solo una canottierina rosa. Una canottierina rosa *striminzita*, che contiene a fatica i suoi seni grandi e floridi. Un grazioso tatuaggio le si annoda attorno al braccio: giunchi verdi e una farfalla blu cobalto.

Il mio orso ringhia.

È dannatamente bella. Le femmine umane non sono il mio tipo, per niente. Ma se lo fossero, sceglierei una come lei. Sembra una mandriana svizzera. Una principessa vichinga. No, con quei capelli rossi, potrebbe venire da qualche fattoria irlandese. È robusta: ossa grosse, bene imbottita. Corpo pieno, con fianchi abbastanza larghi da poter tenere in ventre un cucciolo di orso. Labbra morbide color fragola. Pelle liscia e bianca.

È in piena salute.

E con il cervello, per di più.

Renderà molto fortunato un qualche umano del cazzo, se non l'ha già fatto.

Il cane, un pastore nero e peloso di razza non bene identificata, impazzisce quando sente il mio verso, digrigna i denti e ringhia verso la finestra.

Dovrei girarmi, ma non lo faccio. Non sono ancora sazio di guardare.

Sto ancora fissando la scena, quando la scienziata sexy si gira e mi scorge. I suoi occhi si dilatano e la sento gridare. È più un urletto di sorpresa, a dire il vero. Quasi un grido di battaglia. Si lancia verso il cane, come se potesse essere in imminente pericolo, e lo afferra per il collare.

"Orso, stai indietro." Non stacca gli occhi da me.

L'ordine smuove qualcosa dentro di me. Un sorriso interiore. Che carina a pensare di poter dare ordini a un orso.

Ma poi ripete: *"Orso, no,"* e mi rendo conto che sta parlando con il cane.

Esilarante.

～

Miranda

. . .

15

OH SANTA MADRE DI DIO.

Il tipo del negozio aveva ragione. C'è un orso pazzo da paura là fuori.

Perché giuro su Dio che mi sta sorridendo in questo momento. Deve essere alto almeno due metri e mezzo, con intensi e intelligenti occhi gialli. Sembra che mi stia leggendo nel pensiero.

Mi batte forte il cuore, ma la logica ha il sopravvento. L'orso è fuori. Orso – il mio cane – e io siamo dentro. Appena me ne rendo conto, forse anche prima, le ginocchia iniziano a tremare per la pura bellezza dell'animale.

Non avevo mai visto dal vivo un orso. Certo, da dietro il vetro dello zoo sì, ma questa è tutta un'altra storia. Sto ammirando un orso nel suo habitat selvaggio.

"*Ursus americanus.* L'orso bruno americano," dico con voce profonda e ironica come quella del narratore in un documentario sugli animali: è uno dei miei giochi preferiti. Uno scherzetto che ho sviluppato prima di laurearmi, giusto per ridere. "Così chiamato per la sua pelliccia scura, anche se il mantello dei vari esemplari può variare dal marrone al biondo." E questo è assolutamente magnifico. È un orso bruno, ma ha le dimensioni di un grizzly. In salute, con una folta e lucida pelliccia scura.

Continuo a parlare al mio pubblico immaginario: "Nei mesi freddi, il metabolismo dell'orso rallenta al punto che l'animale può entrare in uno stato di sonno, noto come letargo. L'orso può conservare l'energia e superare la stagione quando il cibo scarseggia."

Perché diavolo non è già in letargo? Abbiamo avuto qualche giorno più mite. Magari l'ha fatto uscire in anticipo dalla sua grotta.

Povero orso. Ingannato dalla natura.

Dio, spero che riesca a sopravvivere. Cosa troverà da mangiare, con i torrenti mezzi congelati e niente in fiore?

Beh, immagino che sia per questo motivo che sta giro-vagando attorno alla baita. Forse sente odore di cibo.

Ovviamente non posso dargli da mangiare. È un'idea terribilmente pericolosa, e insegna agli orsi ad associare gli umani al cibo, cosa che porta alle aggressioni da parte loro.

Magari potrei lasciare qualcosa fuori nei boschi, quando uscirò per la ricerca. Ma avrebbe comunque odore umano addosso. E ricordo che gli orsi hanno un odorato eccellente: trecento volte meglio di un cane, o qualcosa del genere.

Peccato che non si possano addestrare a cacciare o cercare. Magari troverebbero le donne scomparse.

L'orso piega la testa di lato, gli occhi fissi sui miei come se stesse tentando di leggermi nel pensiero. Un brivido mi percorre la pelle. Adesso capisco perché la gente del paese pensa che sia pazzo. C'è qualcosa di strabiliante in lui. Sembra quasi che abbia un'intelligenza umana.

"Ehi, colosso," mormoro. "Sei bellissimo." Orso smette di ringhiare, e mi imita. Si siede, ma tiene lo sguardo fisso sull'orso vero che sta fuori dalla finestra, le orecchie in avanti, le zampe posteriori piegate ma pronte a scattare in azione.

L'orso gigante mugola, appannando il vetro.

Sorrido. Non posso farne a meno. Mi sento davvero onorata di poter vedere una creatura così magnifica. Come spesso accade di fronte alla cruda natura, sono piena di stupore, sopraffatta dall'apprezzamento dell'incredibile bellezza e ampiezza di tutto ciò che questa Terra conserva.

È per questo che sono diventata un'ambientalista. E sono riconoscente ai momenti come questo, che me lo ricordano. È questo che devo pensare quando sono sopraf-fatta dal sessismo e dalla chiusura accademica.

Quando ero una laureanda, passavo l'estate come volontaria in Guatemala. Il mio lavoro consisteva nella costruzione di latrine. Mentre ero lì, una volta ho sentito il terremoto. Niente di grosso. Solo un tremore, o *temblor*, come lo chiamavano loro. Ma in quel momento mi sono sentita impotente. Mi sono resa conto di quanto gli esseri umani siano minuscoli e insignificanti di fronte alle forze della natura. Non mi ha spaventato. Mi ha umiliato. Ha rinvigorito il mio rispetto per la Madre Terra e tutti i suoi rappresentanti.

Non è saggio – non perché sia in pericolo, ma perché non dovrei permettere a quest'orso di mettersi a proprio agio attorno a degli umani – ma mi avvicino per guardarlo meglio. Per accontentare il mio stato di meraviglia.

L'orso mugola di nuovo ma non si muove. Avanzo lentamente, ammirando ogni dettaglio della bellissima creatura. Lo sguardo dorato, il colore marroncino attorno al naso.

"Ma quanto sei bello?" dico con voce affettuosa.

Giuro che l'orso sorride di nuovo, ma poi scende dal davanzale, scomparendo alla vista. Sfreccio alla finestra e guardo fuori, mentre si allontana correndo. È pazzesco quanta strada copra con poche falcate, le zampe potenti che mangiano terreno come se fosse suo.

E immagino che lo sia. Queste montagne dovrebbero essere degli orsi. Non dovrebbero venire continuamente cacciati dal loro habitat naturale, a causa della crescente corsa alla conquista del territorio.

Canticchio tra me e me, mentre lo vedo diventare sempre più piccolo e scomparire nella neve che cade e nell'avanzare del crepuscolo. C'è molta più neve di quanto pensassi: la app del meteo si è sbagliata.

Fortunata me. L'avvistamento di un orso bruno gigante. Non avevo mai visto l'animale simbolo del Nuovo Messico prima d'ora. Fuori dallo zoo, intendo. Anche solo per questo, è valsa la pena di intraprendere questo viaggio.

Non che non ami venire in questa baita. Passare del tempo da sola nella natura è la cosa che preferisco, anche in inverno. Amo in un certo senso l'idea di una solitaria baita rustica in mezzo ai boschi. Ho fatto domanda per dei fondi a sostegno della ricerca sognando che il dipartimento mi lasci prendere i soldi e vivere quassù, a raccogliere e analizzare dati per settimane, o addirittura mesi per volta.

Da quando ci sono venuta in campeggio la prima volta da bambina, ho capito subito che questi posti selvaggi sono adatti a me. E sono finita con il fare il mio dottorato in ecologia, perché sono profondamente interessata alla natura e ho sviluppato la passione di proteggerla.

Se posso provare che il cambiamento climatico ha effetti sugli alberi, contribuirò ai movimenti ambientalismi di tutto il globo. È questo il vero motivo per cui sono qui, nel mezzo di una tempesta di neve, a fare ricerca. Non per provare qualcosa al dottor Alogore né per la gloria della pubblicazione. No: è tutto solo per il pianeta.

Sto lavorando sodo per fare la differenza, e credo che ce la farò.

∿

Caleb

DEVO LOTTARE per ritrasformarmi in forma umana quando torno alla mia baita, e appena ci riesco mi ritrovo un'erezione dura, delle dimensioni della torre Eiffel.

Bene.

Ora sono sveglio.

E non è ancora neanche primavera.

Dato che ho ancora addosso la neve e la terra della foresta, vado verso la doccia.

Mentre l'acqua scorre sul mio corpo, cerco di non pensare a quella ridicola scienziata umana che mi fissava come se fossi stato una specie di divinità. Al modo in quelle labbra piene si sono mosse attorno alle parole *quanto sei bello*.

Bello? Neanche da lontano.

Io sono oscurità e disperazione. Un orso formidabile. Un uomo patetico. E molto spesso una via di mezzo tra le due condizioni: né uomo né orso, ma qualcosa di malato, crudo e consumato.

Ma non riesco a cancellare l'immagine di lei che mi si presenta davanti agli occhi. Le sue morbide curve. La sua pelle color crema. L'atteggiamento competente.

Mi prendo il cazzo in mano, facendo del mio meglio per non immaginare la sua bocca rigogliosa che lo stringe.

Oh, cazzo, ora ci ho pensato. E che pensiero meraviglioso, dannazione. Mi tremano le cosce mentre immagino che l'acqua calda che scende dalla doccia sia il calore della sua bocca che scivola sulla mia verga.

Probabilmente non ci starebbe in quella bocca sexy. Anche se ce l'ha grande per essere un'umana. Mi guarderebbe con quella stessa meraviglia e adorazione, mentre me lo stringe tra le labbra imbronciate? Come se volesse adorarmi ai miei piedi, solo perché ho pelo e artigli?

Scuoto la testa, il senso di colpa che cancella di colpo la fantasia, come un coperchio che sbatte sopra al bidone dell'immondizia.

Come ho potuto?

Mi sono accoppiato per la vita con Jen. E la maggior parte degli orsi non si accasa: siamo raramente monogami. Eppure io l'ho fatto.

Non dovrei permettermi di eccitarmi per altre femmine. Soprattutto se umane.

Solo che il mio cazzo non è d'accordo. E neanche il

mio orso: è proprio qui in superficie, e insiste perché mi ritrasformi e torni di corsa alla baita della ricercatrice. Ce l'ho ancora duro come la roccia e il mio pugno non ha smesso di muoversi su e giù sulla mia appendice pulsante.

Cazzo.

Beh, tanto non è che farei realmente qualcosa con lei. È più come un'incursione nel porno. Mi concederò di percorrere la strada di una stupida fantasia. Tanto non faccio male a nessuno, no? Chiudo gli occhi, ricordando l'odore della femmina umana. Il piacere mi attraversa il corpo, l'acqua improvvisamente troppo calda. Ruoto la manopola sul freddo e muovo la mano più velocemente. Le palle si induriscono.

Cazzo, quand'è stata l'ultima volta che mi sono fatto una sega? Sono passati mesi. Almeno mezzo anno. Il mio corpo festeggia la riaccensione della mia libido, gli ormoni pompano dentro al mio corpo. Ancora una volta la visione della scienziata inginocchiata a servirmi torna alla mia mente.

Quella bocca lussuriosa…

Vengo e la mia mano si muove frenetica, mentre spruzzo sul pavimento in porcellana della vasca.

Il sollievo mi fa rilassare e appoggiare una spalla contro le fredde piastrelle. Il piacere dura solo un momento, e poi il disgusto mi pervade.

Che cazzo di problemi ho? Non dovrei essere qui a pensare a *niente* di quella femmina umana, eccetto a come evitare che il mio orso si liberi e a come proteggerla dal male che si aggira per i boschi.

21

CAPITOLO TRE

Miranda

Mɪ ᴄᴏᴘʀᴏ per bene prima di uscire la mattina dopo. La nevicata si è interrotta, il che è una buona cosa, perché non volevo aspettare per iniziare la mia ricerca. E sono contenta di essere riuscita ad arrivare quassù ieri, perché oggi le strade saranno probabilmente ghiacciate. Conto semplicemente sul fatto che il tempo si rischiari nel giro di pochi giorni, così da poter tornare a casa alla fine della settimana.

Orso sta alla porta a girare in cerchio con eccitazione in attesa della nostra passeggiata.

"Vuoi andare fuori, bello? Pronto per la nostra camminata?" lo incito.

Fa un altro giro, le zampe che battono contro il pavimento, la coda pelosa che si agita avanti e indietro. Amo questo cane. Sul serio: mi rallegra regolarmente la giornata.

"Ok, e allora andiamo." Mi infilo i guanti di pelle. Non

sono caldi come delle grosse muffole isolanti, ma ho del lavoro da fare là fuori, e ho bisogno di poter usare le dita.

Prendo il mio zaino, che contiene tutto ciò che mi serve: tablet, caricabatterie, qualcosina da mangiare per pranzo e una bottiglia d'acqua. Prendo il cellulare per le emergenze, anche se la ricezione è pessima quassù, e dubito che mi servirebbe a qualcosa.

Appena apro la porta, il vento ci colpisce. Sussulto sonoramente, poi rido per la mia reazione. "Dannazione, fa freddo, eh, bello?"

Orso corre via in mezzo alla neve per andare a ispezionare di nuovo ogni cespuglio ricoperto di neve che ha già annusato e su cui ha già pisciato quando è uscito stamattina. Presta particolare attenzione al lato della baita dove l'orso – l'orso vero – si era messo ieri sera.

Mi stringo di più la sciarpa attorno alla faccia, lasciando scoperti solo gli occhi e tirando su il bavero dalla giacca per riparare tutti i punti deboli dove il vento sta sferzando. Guardo il cielo. Ora c'è il sole, ma le nubi si stanno avvicinando da nord. Devo programmare di tornare alla baita per l'ora di pranzo, in caso arrivi un'altra tempesta.

"Oggi dovremo fare una ricerca breve, vero, bello?"

Orso corre davanti a me come se la neve fosse un regalo fatto apposta per lui.

È facile seguire la strada, anche se è coperta di neve, e conosco piuttosto bene anche i sentieri. Starmene tutto il giorno rintanata nella baita senza dei numeri da studiare non si prospetta divertente. Se oggi riuscissi almeno a iniziare, mi sentirei meglio.

Avanzo in mezzo ai cumuli di neve, che in certi punti mi arriva al ginocchio. Sale sopra ai miei stivali e si appiccica ai jeans come piccole palline di ghiaccio. Dannazione. Molto presto avrò davvero freddo.

A Orso non sembra dare fastidio. Sta ancora saltellando in giro, scattando davanti a me per indagare e poi tornando indietro, scavando gallerie in mezzo alla neve.

"Saresti un ottimo cane da slitta, vero Orso? Mi piacerebbe avere una slitta oggi. Sarebbe molto più facile." O degli sci. O delle ciaspole. Che follia.

Mi ci vuole il triplo del tempo che uso di solito per arrivare all'inizio del sentiero. Procedo, avanzando lungo la stradina che si dispiega leggermente in salita.

Inizio a impostare il lavoro: delimito un acro di terra come area di campionatura. Poi inizio, partendo dal primo enorme pino giallo. Prendo un campione dal tronco per riportarlo in laboratorio ed esaminarne gli anelli. Sto studiando gli effetti del cambiamento climatico sugli alberi, ed è misurabile. Presto avrò abbastanza dati da provarlo, e finalmente otterrò del credito come ricercatrice all'Università del Nuovo Messico.

"Osservate la femmina di questa specie," dico con la mia voce da narratore dei documentari. "Relegata nei secoli passati alla vita casalinga, le grandi scoperte nel campo dei contraccettivi le permettono maggiore libertà e controllo della propria vita professionale. È in grado di accettare doveri e responsabilità in egual misura rispetto ai suoi colleghi maschi ma all'ottanta per cento della loro paga. Percepita come il sesso debole, sopporta le prese di posizione dei maschi e i loro tentativi di bullismo come prezzo di accesso al posto di lavoro." Almeno fino a che non mi sarò accaparrata i fondi per il mio progetto. E poi sarà "*Sayonara*, stronzi!" Stringo le dita per scaldarle e mi metto al lavoro.

Per le due ore successive, continuo a raccogliere campioni. Con la neve è difficile restare sul sentiero, ma sono piuttosto sicura di esserci riuscita. Non ha molta importanza: tornare alla baita sarà facile. Non dovrò fare altro che seguire le nostre impronte nella neve.

Sto per fermarmi a mangiare un boccone, quando il vento aumenta. Non mi ero resa conto che le nuvole si fossero avvicinate tanto da oscurare il sole.

Dannazione. Non c'è tempo per uno snack. Dobbiamo tornare alla baita prima che scoppi il temporale. Fischio chiamando Orso. Il vento mi soffia contro i vestiti e mi sferza il viso. Arriva in rapide e violente folate, e non si capisce bene se abbia iniziato a nevicare o se si stia solo sollevando la neve caduta ieri.

Mormoro con la mia voce da Piero Angela: "Le condizioni atmosferiche sono suscettibili a repentini cambiamenti in montagna. Giornate calde – tali da risvegliare un orso in letargo – seguite da cali di temperatura che precipitano in tempeste invernali." Una folata gelida mi colpisce la gola, e rinuncio alla piccola gag documentaristica. Fa un freddo del diavolo. Devo andarmene da qui.

Davanti a me sento Orso che impazzisce: abbaia e ringhia a qualcosa.

"Orso! Qui bello!" Faccio uscire la voce imperiosa e autoritaria, ma Orso non torna di corsa.

Cosa diavolo c'è là fuori?

Il panico mi avvolge. E se fosse l'orso di ieri sera?

Oh Dio, non fare del male al mio cane.

Neanche a farlo apposta, il vento soffia tra gli alberi, e stavolta sono sicura che sta nevicando. I fiocchi mi colpiscono il viso con forza.

Mi metto a correre, seguendo i guaiti di Orso. "Orso! Vieni qui! *Orso, vieni!*"

Il terrore mi scorre nelle vene, vedendo che non arriva e che i suoi ringhi e sommessi guaiti continuano. Lo scorgo correre in lontananza, come se stesse inseguendo e cacciando via qualcosa.

Merda.

"Orso, no! Cane cattivo," grido con la mia voce più profonda e furiosa.

Di solito è un cane estremamente ubbidiente. Magari un po' viziato, ma viene sempre quando lo chiamo. Ora però lo vedo apparire e scomparire tra gli alberi, mentre dà la caccia a quella cosa a cui prima stava ringhiando.

Maledetto cane.

E questa mica è la nostra prima escursione nei boschi.

"Orso! Orso, torna qui! Subito!"

Finalmente si ferma. In lontananza lo vedo girarsi e guardare verso di me, poi di nuovo nella direzione che stava seguendo.

"No! Vieni qui!"

Lancia un'altra lunga occhiata in lontananza, poi trotterella da me, la coda tra le gambe, un po' atterrito dalla mia voce rabbiosa.

Quando arriva lo rimprovero e mi giro per trovare il sentiero.

Cazzo.

Sta nevicando così forte che le nostre impronte sono quasi del tutto coperte.

Inizio a correre.

"Vieni, Orso. Dobbiamo fare veloci," dico ansimando. L'altitudine quassù mi mette in difficoltà già quando il tempo è bello, ma con l'aggiunta dell'aria gelida sento i polmoni doloranti anche solo a respirare. Avanzo, cercando di restare un passo avanti rispetto al mio panico crescente.

Se mi perdo qua fuori, non ho alcun modo di contattare nessuno perché vengano ad aiutarmi. Io e Orso moriremo congelati prima che qualcuno ci trovi.

I miei piedi spingono nella neve. Inciampo su qualcosa sotto alla coltre bianca e cado in avanti, atterrando di faccia nella distesa di fiocchi bagnati profonda mezzo metro. Orso torna indietro trotterellando e mi lecca le orecchie, mentre mi rialzo in piedi.

Non c'è tempo da perdere. Dobbiamo continuare a muoverci. Corro ancora più veloce, il che ovviamente significa che inciampo di nuovo.

E di nuovo.

Merda, mi sa che sto diventando sempre più impacciata a causa del freddo.

Ricomincio a correre solo per rendermi conto che ho appena cambiato direzione: sto seguendo le mie impronte fresche, e non più quelle vecchie.

Oh, cazzo. Dove sono le tracce vecchie?

Ruoto su me stessa, il panico che mi afferra alla gola. Un gemito patetico mi sale alla bocca.

"Va tutto bene, Orso," mormoro. "Troveremo una soluzione, vero? Tu sai da che parte è casa nostra?" Scandaglio l'area con gli occhi, alla ricerca di qualsiasi dettaglio che mi appaia familiare, ma è tutto ammantato di bianco. Non ho idea di dove siamo, né da che direzione siamo venuti. "Vai a casa, Orso," provo a dire, ma lui alza le orecchie e scodinzola, senza capirmi.

Provo a fare un respiro profondo, ma i miei polmoni rifiutano l'aria fredda. Ce la posso fare. Posso trovare una soluzione. In discesa.

Dobbiamo procedere in discesa, giusto? Quando abbiamo imboccato il sentiero, era leggermente in pendenza, quindi fintanto che andiamo in discesa, siamo probabilmente nella direzione giusta.

Dov'è il fiume? Quello mi aiuterebbe a capire dove siamo.

Il problema è che è difficile capire cosa sia in salita e cosa sia in discesa in questo momento. Faccio fatica a vedere a due metri dal mio viso. Il vento soffia in ogni lato, riempiendomi il volto di neve. Faccio del mio meglio per orientarmi verso la montagna e scegliere la direzione più logica. Posso trovare una soluzione. Se continuiamo a muoverci, alla fine arriveremo in paese o al fiume, o qualcosa del genere. E non moriremo congelati, se non ci fermiamo.

È una cosa idiota, ma inizia a risuonarmi in testa la canzone di *Alla ricerca di Nemo – Continua a nuotare*. Ottimo, proprio quello di cui avevamo bisogno: una colonna sonora per l'escursione.

Un'ora più tardi sono esausta, ho i jeans congelati e appiccicati alle gambe e sto morendo di fame. Chiamo Orso, fermandomi per tirare fuori del cibo dallo zaino. Mangio una barretta ai cereali e ne do una anche a lui. "Ci riposiamo solo un minuto e poi andiamo avanti, ok, bello?" Mi appoggio a un albero. È così bello fermarsi, e non è neanche più tanto freddo.

Mi lascio scivolare a terra e mi siedo. Dio, sì. Devo solo riposarmi un pochino. Riposarmi e scaldarmi un po' addosso a questo albero. Magari fra un po' il cielo si rischiarerà e allora sarà facile ritrovare la via del ritorno.

Oppure la neve si scioglierà...

Orso mi spinge con il naso. Mi lecca la faccia.

Poi abbaia.

"Va tutto bene, bello," mormoro.

Improvvisamente ho tanto sonno.

Non mi sono neanche accorta che Orso ha iniziato ad abbaiare sempre più forte...

∾

Soggetto da laboratorio numero 849

Femmina. Femmina nel bosco e l'ho persa.

Dannato cane.

Abbiamo bisogno della femmina per i nostri test. Le nostre importantissime sperimentazioni. Dobbiamo misurare quanto dolore può sopportare, per determinare quale fattore stressante innesca la mutazione.

No, non la mutazione.

Queste femmine non si tramutano.

Perché non si tramutano?

Forse con il giusto fattore stressante potranno trovare il loro animale interiore. Con la giusta dose di iniezioni di siero.

Nel modo in cui le mie si manifestano in momenti di particolare pericolo o paura.

O si manifestano parzialmente.

Se fossi riuscito a fare abbastanza test, abbastanza pratica, magari avrei imparato a controllare l'animale selvaggio dentro di me. La rabbia. Il terrore.

Devo sviluppare il siero per aggiustare il mio animale. In modo da potermi trasformare del tutto.

Per questo ho il dovere di aiutare queste donne. Eseguire altri test su di loro. Altre prove a cui resistere. Altro dolore. Presto diventeranno gli animali che desiderano essere.

Presto otterremo i risultati per cui stiamo lavorando.

~

Caleb

C'È una tempesta furiosa che imperversa là fuori. Al mio orso dovrebbe venire voglia di accucciarsi e dormire, ma qualcosa mi trascina fuori dalla baita. La stessa brutta sensazione che avevo ieri, ma amplificata. Forse sto solo diventando matto.

È sempre lì. Quella possibilità. Ho passato troppo tempo con sembianze da orso. La mia capacità di ragionamento umano ne è stata influenzata. Così come il mio autocontrollo.

Apro la porta e una folata di vento mi punge il viso, riempiendolo di neve. Sono in sembianze umane, ma alzo comunque il naso in aria per annusare. Odo qualcosa. È debole, ma è un cane che abbaia. C'è un timbro spaventato nei suoi guaiti, e lo colgo anche a distanza. È un guaito d'allarme, un guaito d'emergenza.

Cazzo.

Sento un formicolio sulla pelle, l'impulso a tramutarmi mi assale. A ogni segno di pericolo, il mio orso vuole scattare in azione. È questo il motivo per cui non è l'ideale stare in compagnia di umani, di questi tempi.

In questo momento il mio orso è nervoso perché so con precisione di chi è il cane che sta abbaiando, e sono terrorizzato di scoprirne il motivo. Torno di corsa nella baita e mi infilo gli stivali, una giacca e un berretto, poi esco nella tempesta di neve.

"Continua ad abbaiare, cane, sto arrivando," dico a voce alta. Fintanto che continua a fare rumore, dovrei riuscire a localizzarlo. E spero tanto di salvarli *entrambi*, e non solo *lui*.

Spero che sia la tempesta a minacciarli, e non qualcos'altro... o qualcun altro.

Le mie lunghe falcate si trasformano in una corsa, mano a mano che la mia mente considera tutte le cose che potrebbero essere andate storte. Il caldo impulso della tramutazione è appena sotto la superficie. Voglio tramutarmi in orso in modo da poter coprire più terreno, in modo da poter arrivare lì più velocemente, ma resisto all'impulso. Non sarei di molto aiuto all'adorabile scienziata sotto forma di orso. A meno che non stia subendo un attacco.

Il ricordo di quando ho trovato Jen e Gretchen morti mi torna alla mente, e perdo quasi il controllo.

Ti prego, no.

Fai che non succeda di nuovo.

Quando arrivo nei paraggi, il cane si lancia di corsa verso di me, ringhiando ferocemente. Si ferma a metà strada tra me e lei, si siede e continua solo ad abbaiare. La povera bestia non sa bene se proteggere la sua padrona da me o guidarmi da lei. Il suo istinto in questo momento sta impazzendo tra il bisogno di sopravvivere e quello di aiutare la sua padrona.

Povera creatura. Lo ignoro, mostrandomi dominante. Piagnucola al mio passaggio, probabilmente cogliendo il mio odore e rendendosi conto che non sono umano. Almeno non del tutto.

Trovo la giovane scienziata accasciata addosso a un albero. Ha gli occhi aperti, ma non sembra del tutto cosciente. È probabilmente in qualche stato di ipotermia.

Cristo.

Cosa diavolo le è successo qua fuori? Annuso, ma non scorgo nessun altro odore oltre al suo e a quello del cane.

Appena si sarà ripresa da questo casino, me la piegherò sulle ginocchia per avere anche solo osato uscire in una giornata come questa.

Ok... strano pensiero.

Non farei mai una cosa del genere.

Con nessuna femmina.

... che non sia la mia compagna.

Dio, vivo quassù da solo da troppo tempo. Non dovrei essere così influenzato dalla prima femmina che mi capita attorno. Soprattutto considerato che è umana.

Mi accuccio e raccolgo la scienziata da terra, metten-dola prima in piedi e poi caricandomela in spalla.

Bofonchia qualcosa di incomprensibile, ma la ignoro. Il pericolo non è finito e devo subito riportarla alla mia baita e farla riscaldare. Correrei, ma ho paura di farla ballonzo-lare troppo. Non vorrei che il suo fragile collo umano si spezzasse. Decido di procedere con lunghi e frettolosi passi.

Il cane corre al mio fianco, cercando di saltare su e leccare il viso della sua padrona.

Arriviamo alla mia baita, e anche se non tengo il riscal-damento acceso il calore sembra aggredirci.

L'umana geme mentre la rimetto in piedi. Mi viene in mente che dovrei dirle qualcosa, qualcosa di rassicurante, ma quel genere di parole sono da lungo dimenticate. Quasi non parlo con nessuno di questi tempi, e quando lo faccio non è per dire cose piacevoli. Non sono un tipo educato. Né propenso alle chiacchiere. Decisamente non socievole.

Calmare qualcuno è così lontano dal mio modo di fare che è come se fosse roba appartenente a un altro mondo.

Le tiro via lo zaino e lo appoggio dietro alla porta. "Vieni qui," dico borbottando, prendendola per il gomito e spingendola verso il mio bagno. Lei resta ferma lì, disorien-tata e docile, mentre riempio la vasca di acqua tiepida.

Le sfilo i guanti fradici dalle mani, poi le apro la giacca e gliela tolgo. Sgrana leggermente gli occhi, ma sembra ancora incapace di proferire parola.

"Bisogna risollevarti la temperatura corporea," ringhio, sfilandole poi il maglione e di seguito la sexy canottierina rosa che le ho visto addosso ieri sera.

Anche il reggiseno è rosa, e per quanto tenti di non guardarle le tette, ne sono fottutamente ipnotizzato quando saltano fuori. Sono grosse e tonde. Bianche, con una spol-verata di lentiggini ramate attorno e in mezzo.

I capezzoli... cazzo, i capezzoli sono la perfezione. Rosa pesca e più duri del vetro.

Ha la forza di coprirsi i seni – almeno ci prova – ma le sue dita non funzionano ancora, quindi si solleva solo le mani davanti alla faccia, come se avesse le dita rotte, e usa gli avambracci per schermarsi il torace.

Dopo averle levato gli stivali, le sbottono i jeans. Lei resta ferma in piedi e me lo lascia fare. Non so perché cazzo non si sia messa dei pantaloni da neve, se aveva intenzione di uscire nella tempesta.

Dopo.

Quando potrà parlare.

I jeans sono ghiacciati fino alle gambe. Sussulto quando glieli sfilo dalla pelle emaciata e rossa. Spero con tutto me stesso che non si sia beccata dei geloni.

"C-chi sei?" riesce a chiedere mentre la tengo in equilibrio dai fianchi e le sfilo i calzini. Meno male che sono di lana. Cazzo. Le dita sembrano ancora intatte.

"Sono quello che ti ha salvata dalla morte per congelamento." È una risposta di merda, ma il mio modo di fare è scontroso di natura.

Quando cerco di tirarle giù le mutande – di cotone e anch'esse rosa – lei le afferra, o almeno ci prova.

"Va bene," dico bruscamente. "Tienile su." Indico la vasca con un movimento del mento. "Devi entrare."

La tengo in equilibrio stringendole il gomito e la indirizzo verso la vasca. Lancia un gridolino di dolore quando il piede tocca l'acqua tiepida. Sono stato attento a non farla troppo calda, ma sono sicuro che per lei brucia comunque come l'inferno.

"Lo so. Quando il sangue tornerà in circolazione, farà male. Fai piano." *Ecco.* A volte posso rasentare il comportamento civile.

Stringe i denti e si appoggia a me per mettere dentro il piede, risucchiando l'aria con forza.

"Ora siediti dentro. Devo sistemare il tuo cane."

Sgrana gli occhi. "Orso? Dov'è Orso?" Cerca di guardare dietro di me, il che è carino, perché sono decisamente troppo grosso perché ci riesca.

Il cane è alle mie spalle, completamente steso al suolo. Emette un sommesso piagnucolio quando sente chiamare il suo nome.

"Sta bene?"

Al mio orso piace che sia più preoccupata del cane che di se stessa, ma non ne sono sorpreso. Avevo già avuto l'impressione che fossero legati. E che lei fosse un'amante degli animali.

"Ti ha salvato la vita, cazzo," le dico.

"Non è quello che ho chiesto." Ha i denti che sbattono, mentre si cala nella vasca, gridando quando il fondoschiena tocca l'acqua.

"Non lo so. Prima cerco di scongelare il culo a te."

"Affascinante," mormora, sussultando e irrigidendosi mentre si immerge sempre di più.

Appena sono sicuro che non annegherà o altro, prendo un asciugamano e lo lancio sopra al cane. Non serve a molto, perché la folta pelliccia dell'animale è imbrattata di ghiaccio e neve non ancora sciolti.

Cazzo.

Da qualche parte penso di avere un asciugacapelli. Era di Jen, ma l'ho tenuto perché a volte torna utile. Non per i capelli, ma per certe riparazioni, come asciugare la colla o lo stucco bagnato. Lo trovo sotto al lavandino e inserisco la spina.

"Cane," dico con tono severo. Il cane si ritrae.

"Perché il mio cane ha paura di te?"

Mi volto a guardarla. Sembra ancora scioccata. Viva

per un pelo. Confusa. Mi dà un fastidio da matti, perché è chiaro quanto vicina sia arrivata alla morte. Se non avessi sentito il suo dannato cane…

Mi abbasso a guardare il motivo per cui sta ancora respirando. Il cane infila la coda tra le gambe e abbassa la testa in segno di sottomissione. "Perché mi riconosce come alfa," dico. *E come un dannato orso bruno gigante.* Povero cagnolino, deve essere spaventato da matti, visto che fino a un certo punto intuisce cosa sono.

Accendo l'asciugacapelli, scoraggiando così ulteriori domande. Il cane resta fermo e lo accetta, abbassando le orecchie per l'aria calda e per il rumore. Glielo tengo addosso fino a che la neve non si è sciolta e dalla sua pelliccia bagnata si propaga nel bagno il classico odore di cane.

Mi ci vuole tutto lo sforzo possibile per non girarmi a guardare la scienziata nuda nella mia vasca. Non sono neanche sicuro del motivo per cui sono rimasto nella stanza insieme a lei. La mia concentrazione è intensamente messa alla prova. *Non* dovrei sbirciarle i seni sodi, quando la sua salute è ancora così appesa a un filo. Soprattutto perché la cosa porta sempre più vicino alla superficie il mio onnipresente orso. Merda, probabilmente ho gli occhi gialli in questo momento.

E poi mi volto a guardarla, perché, sì, bellissimi seni, ma non si sta riprendendo velocemente come mi aspettavo.

Ovviamente non so un cazzo di donne umane, ma non credevo che a questo punto avrebbe ancora sbattuto i denti o tremato tanto in tutto il corpo.

Cazzo.

Il mio orso ringhia come se la morte fosse un reale avversario da cui difenderla. Spingo giù l'animale: non riesco a pensare, cazzo, se sono tempestato da pensieri

35

animali. E adesso ho bisogno di pensare. Devo capire come salvare questa femmina.

Abbandono il cane – ha il pelo quasi asciutto, adesso – e mi avvicino a grandi passi alla vasca.

"Fuori," ordino.

Non si muove. Neanche gli occhi. È come se fosse sotto shock.

Dannazione.

La prendo dietro a entrambi i gomiti e la tiro su, in piedi. "Vieni fuori," tento di ordinarle. Ho bisogno del suo aiuto, altrimenti dovrò ricaricarmela in spalla.

Se ne sta ferma lì, tremante.

Dannazione. Afferro un asciugamano e glielo metto attorno alle spalle, poi le infilo un braccio sotto alle ginocchia e la tiro su come fosse una bambina. "Andiamo, principessa. Bisogna che ti scaldiamo."

"Ho f-f-f-freddo," balbetta.

"L'ho notato," dico con tono asciutto, portandola in salotto, il cane alle calcagna. La faccio sdraiare sul divano e finisco di asciugarla, tamponandole delicatamente la pelle che è rossa incandescente a causa dell'esposizione al gelo. Il suo cane fradicio sta seduto accanto al divano e osserva ogni passaggio. Sempre in allerta, in caso la padrona abbia bisogno di aiuto.

E ne ha. Quest'umana ha bisogno di cure mediche. Un ospedale, o qualche altro genere di pronto intervento. Non lo so, cazzo, perché i mutanti guariscono da soli, senza bisogno dell'intervento di un medico.

Un sacco a pelo!

Ecco cosa mi serve.

Ricordo di aver sentito dire che è uno dei metodi usati per far salire la temperatura corporea di una persona. La chiudi in un sacco a pelo insieme a un altro corpo. Ehm, preferibilmente entrambi nudi.

Merda. *Sono davvero fottuto.*

Mi viene duro solo al pensiero di stare pelle contro pelle con questa adorabile scienziata. Il mio orso si rigira sottopelle, irrequieto. Sempre irrequieto. Sempre pronto a fare cagnara e piantare denti e artigli in qualcosa.

Soprattutto per una femmina minacciata.

Non è neanche un'orsa, vorrei dirgli. *Datti una calmata, cazzo.*

Forse anche lui ha perso la ragione. Siamo diventati matti tutti e due. Il mio animale per troppo... cazzo, e che ne so. Dolore? Tristezza?

Copro la donna congelata con la coperta, maledicendomi per non avere qualcosa di più morbido. Poi faccio partire un fuoco scoppiettante nel caminetto, tiro fuori un sacco a pelo dall'armadio e lo lascio cadere sul logoro tappeto davanti al focolare. Il mio orso è ancora presente subito sotto alla superficie, impegnato a disordinarmi i pensieri con la sua aggressività letale. C'è un motivo per cui la gente ha paura di mamma orsa. L'istinto di protezione è radicato a fondo nella nostra specie.

Non c'è nessuno da ammazzare qui, stronzo. E farai male alla ragazza se non ti metti a cuccia.

L'umana sta ancora tremando sul mio divano, i denti che sbattono. Delicato fiorellino. "Vieni qui," dico bruscamente afferrandole i polsi e tirandola in piedi. "Dobbiamo far salire la tua temperatura corporea. Entra nel sacco a pelo." Lo indico e ce la accompagno.

Si muove come un'impacciata bambola di legno, i passi rigidi e scoordinati. Riesce a infilarsi nel sacco a pelo.

"Levati le mutande."

Cazzo. Non l'ho detto bene.

Non si muove.

"Sono bagnate e fredde. Levati quella cazzo di roba di dosso, subito," le ordino burbero, impregnando la voce della mia autorità alfa. Il cane mi sente e infila la coda ancora di più in mezzo alle gambe, abbassando la testa.

A dire il vero non mi aspetto che lei mi obbedisca. Non è una mutante e non reagisce agli ordini alfa, tanto per iniziare. In secondo luogo, non mi conosce per niente. Sono un completo sconosciuto che le ordina di levarsi le mutande. Potrebbe benissimo fraintendere.

Dopo un paio di secondi, si dimena nel sacco a pelo, ma i movimenti sembrano stancarla da morire e resta di colpo immobile, tremando e basta.

Merda. Abbasso la cerniera laterale del sacco a pelo e afferro il bordo delle mutande. Sgrana gli occhi quando gliele tiro giù.

Quasi mi tramuto all'istante. E non per proteggerla.

A quanto pare il mio orso pensa che questa formosa umana sia la migliore cosa con cui spassarsela, perché mi si affilano i denti in bocca, come se volessi darle un morso dell'accoppiamento.

Orso pazzo, davvero pazzo. Devo tenere questa cosa sotto controllo, o potrei inavvertitamente fare del male a questa fragile umana. Chiudo gli occhi e distolgo lo sguardo, nel caso in cui le mie iridi siano diventate gialle. Reprimo un ringhio da parte del mio orso. Cielo, avere una femmina nuda a distanza di bacio ha un sacco di effetti diversi sulla bestia che ho dentro.

Torna a dormire, orso.

Toccarla, stare sdraiato accanto al suo corpo nudo è l'ultima cosa che dovrei fare, considerato il poco controllo che ho sul mio animale. Ma devo. La sua vita è ancora in pericolo.

Mi levo tutto eccetto i boxer e mi infilo nel sacco a pelo con lei, tirando subito su la cerniera. Il suo odore mi riempie le narici: fragole scaldate dal sole. Gelato alla vaniglia. L'eccitazione esplode lungo i miei arti. Lotto per calmare l'orso, facendo lenti e misurati respiri, concentrandomi sulla sua carne fredda appoggiata alla mia pelle ardente.

La giro in modo che mi dia le spalle e mi appiccico alla sua schiena. Si irrigidisce, ma non protesta. Prego che le mie intenzioni siano abbastanza chiare: questo non è un momento romantico, ma un'azione salva-vita.

O almeno spero con tutto me stesso che le salvi la pelle.

Il suo sedere largo mi sta perfettamente in grembo. Il suo sedere florido e *nudo*. Non c'è niente tra esso e il mio uccello, se non un sottile paio di boxer.

Riesco ad allontanare un po' i fianchi, mentre mi si allunga il cazzo. Fremiti di eccitazione mi percorrono la schiena, mentre il dolore della tramutazione mi schiaccia.

Cielo, se va bene spaventerò a morte questa femmina, se sentirà la mia verga premerle contro il culo. Soprattutto perché il cazzo di orso... è enorme. Non me la sto tirando, è solo l'evidenza dei fatti. Se va male, potremo trovarci in una situazione di orso assatanato.

No, non le farei del male. Il mio orso non farebbe mai del male a una donna.

Continua a ripetertelo, sussurra una vocina nella mia testa. *Ancora non lo sai per certo.*

È più caldo che all'inferno nel sacco a pelo. Sto sudando come un demone, ma sono sollevato di sentire la sua carne tiepida contro la mia. I suoi denti smettono di battere. Il tremore cessa.

La povera femmina, probabilmente esausta dopo la sua odissea, si lascia andare a un delicato torpore.

Fischio sommessamente al suo cane, che ci sta camminando attorno tenendomi d'occhio, e batto la mano sull'altro lato rispetto a me. Probabilmente anche il leale canide ha bisogno del mio calore corporeo per scaldarsi. Capisce e si accascia accanto a me. Me lo tiro contro il sacco a pelo, offrendogli il mio fianco a cui appoggiarsi.

Ora devo solo capire come mettere a cuccia il mio orso e addormentarmi con questa enorme erezione tra le gambe.

CAPITOLO QUATTRO

Miranda

LA PRIMA COSA che noto è il rumore di un sommesso russare.

Proprio accanto al mio orecchio.

Poi mi rendo conto di quanto faccia terribilmente caldo. E la mia pelle bagnata e viscida sta scivolando contro la pelle bagnata e viscida di qualcun altro.

Oh Dio!

Apro gli occhi di scatto, mentre i ricordi del mio salvataggio mi tornano alla mente.

La bestia d'uomo che mi ha gettato su una sua spalla e mi ha portata nella sua baita è sdraiato accanto a me. La mia testa è appoggiata su un suo braccio e... oh Signore, una delle mie gambe è intrecciata alla sua, come se fossimo abbracciati in una posizione postcoitale e non due perfetti sconosciuti, sdraiati insieme, nudi, dentro a un sacco a pelo.

Nella baita è semi-buio e solo i primi raggi del mattino filtrano attraverso le finestre, ma un fuoco arde ancora nel caminetto, a illuminare la stanza con il bagliore intermittente delle braci. Alzo la testa e fisso lo sconosciuto. È enorme, il petto e le braccia muscolose, ricoperte di tatuaggi neri. Ha gli zigomi alti, con sotto guance scavate e una barba incolta, come una sorta di montanaro.

Non so se sia questo suo aspetto selvaggio – il fisico formidabile e le maniere burbere, insieme alla baita isolata – ma mi sento improvvisamente attraversare da un lampo di paura.

E se fosse lui il serial killer? Magari rapisce le donne e le porta proprio quassù, in questa baita.

Devo uscire dal sacco a pelo. E dalla baita.

Immediatamente.

Ovviamente la cerniera del sacco a pelo è dall'altra parte.

Sollevo la gamba dall'uomo gigante e inizio a scivolare più su, sfilandomi dal sacco. E lì vedo l'altro braccio dell'uomo.

L'arto tatuato – quello che non fa da cuscino alla mia testa – è piegato con fare protettivo attorno a Orso.

Mi lascio andare a un sospiro di sollievo, quasi una risata.

Il ricordo di quando ha usato un asciugacapelli sul pelo del mio amico mi torna alla mente.

Non può essere un serial killer. Quest'uomo non solo ha salvato la vita mia, ma anche quella di Orso.

Magari gli piace tenere le donne in vita per poterle torturare, cerca di rimarcare un sussurro di paura dentro di me. *E i serial killer possono anche essere amanti dei cani, comunque.*

Il fatto è che non è un amante dei cani. E dubito pure che sia un amante delle persone. Nel suo modo di aiutarmi si è dimostrato burbero e scocciato, ieri. Un assassino sarebbe così immusonito se fosse riuscito a portarmi dove voleva? No, starebbe festeggiando.

O almeno così mi dico.

Niente di tutto questo può essere attribuito alla neotrovata fascinazione che provo nei confronti del petto nerboruto di quest'uomo. Né al fatto che mi senta ancora più intensamente consapevole della mia nudità. Né alla sensazione di bagnato in mezzo alle gambe. Il mio corpo sta reagendo alla vista di questi muscoli scolpiti, alla vicinanza di un maschio nudo. *È nudo?*

Sbircio dentro al sacco a pelo.

Indossa i boxer.

E, ehm, l'alzabandiera mattutino.

Santo cielo, ha un uccello enorme!

Mi si induriscono i capezzoli e sento una lenta pulsazione in mezzo alle gambe.

Non so bene quando mi sia capitato di essere così eccitata. Ovviamente è passato un sacco di tempo da quando ho fatto sesso l'ultima volta. Davvero un sacco di tempo.

Tre anni, ed è stato con Will Carter, un altro studente che mi ha letteralmente fottuta, usandomi per aiutarlo nella sua ricerca per poi scaricarmi una volta capito cosa fare.

Ecco perché non sono tipa da uomini. O da sesso. O da relazioni.

Osservate il maschio di questa specie, avvelenato dal testosterone. Pungolato dal suo istinto competitivo e antagonistico, vede ogni donna intelligente come una minaccia…

Perché essere una donna in campo scientifico mi ha insegnato molto bene una cosa: se non bado bene a me stessa e alla mia ricerca, non arriverò mai da nessuna parte. Sesso, relazioni, addirittura amicizie… non fanno che fotterti la carriera, alla fine.

E non è di aiuto che i chili in più che ho mi facciano

apparire come una dea della fertilità, invece che una seria studiosa di scienze. E quest'uomo qui ha potuto vedere tutto quanto, ieri sera. Ogni etto di carne che ho addosso.

Sento una stretta al sesso, come data dal sospetto che quello che ha visto gli sia piaciuto, anche se il mio cervello mi dice qualcosa di diverso.

È una follia – non è proprio da me – ma lentamente abbasso l'orlo del sacco a pelo per vedere meglio il petto dell'uomo. Dico a me stessa che voglio solo osservare bene i tatuaggi.

I segni rituali del maschio. Indicano la sua tolleranza al dolore e la sua non conformità alle idee conservatrici...

Ciao, super-addominale. Il suo corpo è grosso e slanciato allo stesso tempo. Sono tentata di toccare i riccioli della sua barba scura, ma so che significherebbe andare troppo oltre.

Orso alza la testa e inizia a scodinzolare.

Non parlo con il mio cane perché non voglio svegliare il mio salvatore. Almeno fino a che non mi sarò trascinata fuori da questo sacco a pelo e avrò trovato dei vestiti. Continuo la mia sciocca e lenta avanzata strisciante e lo sento sbuffare mentre piega il braccio che mi teneva sotto alla testa per abbassarmelo sulla vita e catturarmi.

Oh, merda.

I miei seni sfiorano ora la sommità della sua testa e sento il mio sesso più bagnato di prima, solo per aver sentito la sua forza.

Lo immagino usare quella forza per tenermi giù, mentre avvicina le sue labbra sensuali al mio capezzolo.

Oh mio Dio, ma cosa sto pensando? Sono pazza. Tenermi giù? Non è decisamente una fantasia che mi sia mai passata per la testa prima. Non vado alla ricerca di uomini dominanti e impudenti che prendano il comando, che sia a letto o nella relazione.

Che schifo.

Cerco di continuare a scivolare, ma il suo braccio attorno alla mia vita si stringe, anche se ha ripreso a russare sommessamente.

Che genere di uomo si avvinghia a una donna mentre dorme?

Un serial killer, sussurra la voce preoccupata.

Caccio via il pensiero. No, non è vero. Un uomo che è abituato a dormire con una donna.

Dovrei trovarlo dolce, e invece un nodo di gelosia mi si stringe nella pancia. Quindi quest'uomo porta regolarmente delle donne qui nella sua baita? Chi sono? Donne del paese?

Ok, mi arrendo. Dovrò rischiare di svegliarlo. Sto morendo di fame e devo fare pipì. Mi schiarisco la gola.

Niente. Non si muove neppure.

Cerco di levarmi di dosso il braccio che mi stringe, ma non si smuove. Mi schiarisco di nuovo la gola.

"Dovrei, ehm, alzarmi," dico infine, a voce alta.

Non si muove.

Wow. Sonno profondo.

Beh, fanculo la gentilezza. Deve lasciarmi andare. Spingo il braccio e lotto per uscire dal sacco a pelo, dandogli un'accidentale ginocchiata nelle costole.

Sbuffa e scuote la testa, rotolando sul fianco e facendo leva su un gomito, in un unico movimento lento ma fluido. Sbatte le palpebre, come se lo avessi appena risvegliato dal mondo dei morti. I suoi occhi sembrano gialli all'inizio, ma dev'essere un riflesso del fuoco, perché dopo aver sbattuto le palpebre sono nocciola, e molto scuri. Quasi neri.

Poi li sgrana del tutto, perché, sì, ha una donna nuda e tutta curve messa carponi accanto alla sua testa. Sono sicura che sta avendo una larga visuale di fin troppe parti svestite del mio corpo. Dopo un rapido dibattito interiore sul rituffarmi dentro al sacco a pelo o uscirne, opto per l'ultima. Dato che non ho bisogno di strofinare il mio corpo nudo contro il suo corpo nudo – *piantala, cervello!* – sgattaiolo fuori il più velocemente possibile, coprendomi i seni con l'avambraccio e l'inguine con l'altra mano.

L'uomo emette un ringhio animale e il suo braccio muscoloso rotea in aria mentre il suo corpo si torce e lui si volta. Il fuoco luccica di nuovo nei suoi occhi, donandogli quel bagliore animalesco.

Una camicia verde in flanella vola in aria verso di me, e la prendo in faccia. Me la infilo, abbottonandola rapidamente e tirando giù il bordo il più possibile. È un uomo grande, ma io sono una ragazza grande – formosa mi piace dire, perché suona meglio di sovrappeso – e riempio la camicia, tanto che mi arriva appena sotto all'inguine.

Arrossisco del tutto in viso, mentre mi guarda con occhi scuri. Ricordo che ieri mi ha portata fuori dal bagno come se non pesassi niente. Come se fossi l'eroina di un film.

Scuoto la testa per cacciare quel pensiero così irreale.

"Ehm, grazie," bofonchio, arretrando mentre lui inizia a strisciare fuori dal sacco a pelo.

Si ferma un secondo prima di emergere con i fianchi, e si tira la stoffa attorno alla vita.

Non posso fare a meno di guardare, perché il motivo per cui non è uscito è ovvio.

Già. Tenda gigante nel sacco a pelo. Santo cielo, quel palo sì che è alto...

Mi giro per concedergli un po' di privacy.

Bagno. Ecco cosa mi serve. Mi guardo attorno, non ricordando la disposizione della casa, dato che ieri sera ero troppo disorientata dal freddo.

Devo essermi trovata in condizione di ipotermia.

Una fresca ondata di gratitudine mi travolge. Io e Orso saremmo morti tutti e due se non fosse stato per quest'uomo. Di cui non so neanche il nome.

Trovo il bagno e faccio velocemente pipì. I miei vestiti sono ancora in una pozza sul pavimento, dove li ha mollati lui ieri. Ricordo quelle grandi mani che mi hanno spogliato. Non è stato sexy – lui era più contrariato che mai – ma il solo ricordo mi fa rizzare di nuovo i capezzoli. Vorrei davvero avere un paio di mutande da mettermi. Allora la pulsazione che sento in mezzo alle gambe non sarebbe così forte.

Raccolgo i miei vestiti, ma sono bagnati e sporchi di terra. Dannazione. Mi do una rapida occhiata allo specchio. Santo cielo, ho un aspetto d'inferno! I capelli sono un disastro per essere stati tutto il giorno sotto al berretto ieri, e per essersi arruffati tra le braccia di un uomo per tutta la notte. Prendo il suo pettine e faccio del mio meglio per snodarli. Apro l'armadietto del bagno.

Una volta ho letto una statistica sugli armadietti del bagno. Una cosa come il cinquanta per cento delle persone che usano il tuo bagno ti guardano nell'armadietto. In genere non ricado nel gruppo, ma oggi fa eccezione. Non c'è collutorio, né uno spazzolino in più. C'è molto poco, a dire il vero. Solo l'occorrente di base per un uomo. E della vaselina, che afferro e strofino sulle labbra secche e screpolate.

Porto fuori il mio mucchietto di vestiti bagnati.

L'uomo di montagna si è alzato e si è infilato i jeans, cosa che in un certo senso lo rende ancora più sexy. La tavola di addominali sembra ancora più perfetta così contornata dal denim. Mi lecco le labbra: un tic nervoso che pensavo di avere eleminato anni fa.

"Ehm, grazie. Sai, per averci recuperati. E, ehm,"

guardo il sacco a pelo stropicciato sul pavimento, "per avermi salvato la vita."

Ha uno strano modo di restare perfettamente immobile. Mi guarda intentamente, gli occhi così scuri che sembrano neri, l'espressione imperscrutabile.

E poi non risponde. Si limita a girarsi e andare alla porta sul retro, aprirla e fischiare a Orso. Sta ancora nevicando. Il mio cane, che ha in qualche modo deciso che quest'uomo è il capo, si avvicina trotterellando e si ferma un istante prima di uscire, la coda in mezzo alle gambe.

"Fuori," sbuffa l'uomo, e spinge Orso. Non c'è rabbia nella sua voce, ma è incredibilmente deciso e il mio cane obbedisce all'istante, tuffandosi nella neve più alta di lui e scomparendo.

Sussulto, perché sembra che la neve superi il metro.

Merda. Mi sa che non andrò da nessuna parte. A meno che l'uomo di montagna qui non abbia ciaspole o sci da prestarmi, e possa indicarmi la direzione giusta da seguire.

Orso sbriga velocemente le sue cose e torna saltellando verso i gradini, la neve che gli copre la pelliccia dappertutto. Entra e se la scrolla di dosso, bagnando il pavimento.

"Scusa," dico sarcasticamente.

L'uomo di montagna non risponde, ma butta a terra uno strofinaccio e si allontana.

"Ehm, hai una lavatrice?" provo a chiedere.

Si gira senza rispondere.

Sussultò quando mi strappa i vestiti dalle braccia, senza dire una parola, e apre la lavatrice, che è subito accanto a dove ci troviamo, vicino alla porta. Non me n'ero accorta, perché lavatrice e asciugatrice sono inserite in una struttura lignea. Ci getta dentro i miei vestiti e la fa partire.

Quando si volta, il suo sguardo si posa sulle mie labbra appena ammorbidite con la vaselina.

Arrossisco, immaginando che stia pensando che ho rovistato nel suo armadietto. Il suo sguardo scorre su tutto il mio corpo, fermandosi sulle gambe nude. "Hai freddo?" borbotta. La sua voce è profonda e burbera come me la ricordavo. Ma è anche in qualche modo piacevole. Il mio corpo freme in risposta. "Posso darti un paio di pantaloni della tuta."

Non ho freddo, perché la baita è pervasa dal calore de fuoco, ma voglio assolutamente un paio di pantaloni. Mi lecco di nuovo le labbra – *dannazione, devo fermare questo tic!* – e annuisco. "Ehm… sì. Sarebbe carino, grazie."

Si allontana senza rispondere. Se non fossi così imbarazzata per essermi svegliata *nuda* accanto a quest'uomo, potrei apprezzare la sua economia nell'uso delle parole. Data la situazione, però, due chiacchiere normali non sarebbero male. Un paio di parole per mettermi a mio agio, tipo: "Mi chiamo Joe Montagna, ti sei presa uno bello spavento ieri, eh? Come ti senti adesso? Vuoi che ti prepari la colazione?"

A dire il vero, già mentre me la immagino, tutta la scena assomiglia a quello che direbbe un serial killer. Finché questo tizio rimane scontroso, probabilmente significa che non gli interessa farmi a pezzetti e seppellirmi nello scantinato.

Giusto?

≈

Caleb

IL MIO CERVELLO continua a balbettare pensando al corpo fottutamente sexy della femmina che sta nel mio salotto.

Sapere che ha la figa nuda crea in me un effetto viscerale. Il mio orso è saltato fuori dal suo torpore a velocità supersonica nel momento in cui mi sono svegliato faccia a coscia con lei. È un miracolo che non mi sia tramutato all'istante.

E il suo odore: eccitazione.

Non riesco a capire perché fosse eccitata. Pensavo che sarebbe stata terrorizzata di riprendere conoscenza e trovarsi nuda dentro a un sacco a pelo insieme a uno sconosciuto. E penso che lo fosse. Ma era anche eccitata.

Non avrei mai pensato che una femmina umana potesse avere un odore così buono. E certo non mi aspettavo di rimanere così colpito dall'odore di un'altra femmina. Gli orsi in genere non si accoppiano per la vita, ma il qui presente eccome se l'ha fatto.

Quindi sono agitato dal modo in cui il mio corpo – e quello del mio orso – hanno reagito a lei. Mi sembra di tradire il ricordo di Jen.

Quindi resto nella mia camera da letto più di quanto mi serva per prendere un paio di pantaloni della tuta, e cerco di non pensare a come le staranno addosso. Faccio con calma, mi infilo una maglietta, passeggio per la stanza per qualche minuto.

Al diavolo questa voluttuosa femmina che ha interferito con la mia solitudine!

Quando esco dalla camera, le lancio i pantaloni, cercando di non guardare i suoi seni privi di sostegno tendere la camicia di flanella. Le punte dure dei suoi capezzoli protrudere. Sono improvvisamente scosso da una visione di me stesso che fa rimbalzare quei seni sodi in una varietà di modi diversi, tutti che mi vedono sbatterla da diverse angolazioni. L'orso ringhia contro la gabbia umana che gli ho eretto attorno.

Basta!

Ma che cazzo di problemi ho?

Vado nel cucinino per trovare da mangiare per tutti e due. Ho una fame del diavolo, e scommetto che ne ha anche lei. Il cibo calmerà l'orso.

"Come ti chiami?" La sua voce è inizialmente tremante, ma la frase termina con una nota forte, come se si stesse sforzando di essere decisa.

"Caleb." Non oso guardarla. Non quando tutto quello cui riesco a pensare è come far danzare quei seni. Apro il frigorifero e tiro fuori due confezioni di bacon, le uova, latte e burro.

"Io sono Miranda." La sua voce è come musica per le mie orecchie. Il suo nome è una dannata canzone. Non riesco a impedirmi di voltarmi a dare un'occhiata.

Cazzo, è bellissima. I capelli ramati ricadono in onde aggrovigliate sulle spalle. Gli occhi sono verdi, con ciglia che quasi non si vedono perché dello stesso colore dei capelli. L'espressione di disagio che ha in volto mi fa girare di nuovo rapidamente per darle le spalle.

Accendo i due fuochi davanti e ci metto sopra due padelle a scaldare. Poi tiro fuori una scodella e una confezione d'impasto per pancake. "Miranda e basta? Non dottoressa o qualcosa del genere?" Santo cielo… ma che faccio adesso, mi do alle chiacchiere?

Non è proprio da me. Io non parlo molto. Con nessuno. E soprattutto non faccio conversazioni inutili per mettere a proprio agio la gente.

Ma a quanto pare adesso sì.

Ride sorpresa, suono che subito rilassa il mio orso. "Beh, ho il dottorato. Ma nessuno mi chiama dottoressa." La sua voce si fa sospettosa. "Cosa ti ha fatto pensare che lo fossi?"

"Laboratorio di ricerca," sbuffo. "Ti ho vista andarci in macchina ieri."

Non è una bugia.

Tralascio di raccontare la parte in cui ho strofinato il naso contro la sua finestra per guardarla dentro alla baita con la canottierina rosa addosso.

Sistemo una confezione di bacon nella padella e rompo sei uova nella ciotola, per preparare i pancake.

"Perché non lo usi, il titolo? Immagino che tu abbia lavorato sodo per ottenerlo." Arrischio un'altra occhiata alle mie spalle, per guardarla.

Dannazione. Non è neanche minimamente meno attraente con la mia tuta. Riempie i pantaloni con i suoi fianchi larghi e il culo tondo. Sono troppo lunghi per lei, ovviamente, ma ha tirato su l'orlo e ha arrotolato l'elastico in vita, appoggiandoselo sulle anche. Cazzo, è bellissima.

Il suo volto si fa sorpreso davanti alle mie parole. Non so neanche cosa me le abbia fatte dire. Ho solo la sensazione che non pretenda sufficiente rispetto dalle persone che le stanno attorno.

"Non mi piace fare la pretenziosa," dice, ma il volto si fa mesto. "Anche se devo ammettere che tutti gli uomini nel mio dipartimento insistono per farsi chiamare *dottori*."

"Che dipartimento è?"

Questa cosa è da segnare. Devo aver battuto il record della più lunga conversazione che abbia fatto negli ultimi tre anni.

Il bacon inizia a sfrigolare mentre combino gli ingredienti per i pancake e tiro fuori dal freezer una confezione di mirtilli congelati.

"Ecologia. Hai un sacco di confezioni di mirtilli nel congelatore." La sua voce è vicina, come se fosse entrata nel cucinino. Beh, tecnicamente è una stanza unica: cucina, sala da pranzo e salotto. Un unico open space, oltre a due camere da letto e un bagno. L'ho costruita io stesso per la mia compagna.

Apre il mio congelatore. Mi irrigidisco nel vederla nella mia cucina, nello spazio che era solita occupare Jen, ma poi ho un altro problema.

"Wow. Quindi trota e mirtilli. Non mangi altro?"

Mi sento stringere lo stomaco. Il mio freezer è pieno zeppo di cibo per orsi. Probabilmente strano, agli occhi di un umano.

"Mangio il bacon," sbuffo, facendo ruotare i pancake. "E i pancake." Poi, per distrarla, dico: "Come ti senti oggi? Torpore o dolore alle dita di mani o piedi? Alle orecchie? Alla punta del naso?" Non ho visto niente che facesse pensare a dei geloni ieri sera, ma mi sono anche affrettato a infilarla nel sacco a pelo e scaldarla, quindi non è che l'abbia esaminata come avrei dovuto.

Pensiero non dovrebbe farmelo venire duro e pulsante, e invece…

Le mie narici si dilatano e ruoto i fianchi ancora di più, dandole del tutto le spalle in modo che non veda l'effetto che ha su di me.

"Ehm, no. Penso di stare bene. Grazie a te."

La sua esitante gratitudine fa fiorire un calore inaspettato e sorprendente nel mio petto. Il che è sciocco. Di certo non mi aspettavo né desideravo ringraziamenti da parte sua.

"Non ho neanche intenzione di chiederti cosa diavolo ci facevi là fuori, perché sono piuttosto certo che mi verrebbe voglia di darti una bella sculacciata."

Inspira a fondo e di scatto.

Oh, cazzo. Non avrei dovuto dirlo.

Le do la schiena, girando il bacon e impilando i pancake sul piatto. Ne lancio uno al suo cane. Sopra al profumo di bacon e pancake, sento il suo odore.

Dolce eccitazione.

Porca puttana.

Sul serio? È eccitata dal mio commento? Non c'era bisogno che lo sapessi.

Proprio no.

Perché ora non riesco a smettere di pensare a quanto mi piacerebbe piegarla sulle mie ginocchia e farle il culo rosso per essere quasi morta congelata.

"È stato decisamente inappropriato." La sua voce suona strozzata.

Non sono tanto stronzo da non girarmi adesso. La vedo con le guance arrossate, gli occhi umidi. Il modo in cui il suo petto si alza e riabbassa rapidamente mi fa pensare a come vorrei farle perdere il fiato in tanti altri modi.

"Hai ragione," ammetto. "Sono uno stronzo. Non mi capita spesso di avere compagnia. Non so esattamente cosa dire a una donna che ho denudato completamente senza però scoparmela."

Oh, santo cielo! Ora mi sto davvero scavando la fossa.

L'odore della sua eccitazione si fa più intenso. "Va bene, forse dovresti fermarti prima che le cose degenerino," mi avvisa, e sono sorpreso di vederla sorridere.

Mi si allunga l'uccello lungo la gamba dei jeans.

"Chi sei?" mi chiede all'improvviso, come se percepisse le mie differenze. Come se avesse capito che sono una specie completamente diversa dalla sua.

Mi rigiro verso i fornelli, versando tre definiti cerchi di impasto nella padella e lasciandoci cadere sopra dei mirtilli. "Non sono nessuno."

Ovviamente è un'affermazione completamente sospetta. L'odore della sua eccitazione scompare, sostituito da quello metallico della paura.

Probabilmente l'hanno avvisata delle donne scomparse quassù. Pensa che sia l'assassino?

Mi scervello per pensare a qualcosa da dire per metterla a suo agio, ma non mi viene in mente niente. Riesco solo a pensare a preparare la colazione e a tenere la bocca chiusa. Metto una caraffa di caffè a scaldare, poi prendo la prima portata di bacon dalla padella e ne metto a cuocere un secondo round. "Tieni," sbuffo, posando sul tavolino accanto alla finestra il piatto con la torre di pancake e quello con il bacon. La finestra è per metà coperta dalla neve. Il cane si avvicina, guardandomi con occhi imploranti.

"Devi avere fame." Metto un piatto di burro sul tavolo, insieme al barattolo del miele.

Lei resta in piedi accanto al tavolino mentre verso del caffè, e la sua energia nervosa mi fa venire voglia di tornare in letargo. È la mia reazione di default a ogni cosa che richieda emozione. O sforzo. O qualsiasi scintilla di vitalità.

Le porgo un piatto e una forchetta e indico la sedia con un cenno del mento. Lei li prende senza dire parola e si siede. Lancio al cane un pezzo di bacon, mi siedo di fronte a lei e cospargo la mia pila di pancake di miele.

Lei mi guarda dubbiosa. "Ti piace il dolce, eh?"

Guardo la quantità di miele sui pancake mentre ne prendo un grosso boccone. Mi sa che è tanto. Scrollo le spalle. "Può darsi," dico con la bocca piena. "Mi piace il miele."

Mi pare di scorgere un'espressione divertita sul suo volto, ma mangiamo senza parlare. Non dovrebbe interessarmi se il cibo le piace o no, ma il mio orso è stupidamente soddisfatto quando la vede spazzolare il piatto e prepararsene un secondo.

"Bene, e adesso? Suppongo che tu non abbia un gatto

delle nevi qui, no? O un altro modo per farmi tornare alla mia baita…"

Mi alzo e prendo la seconda portata di bacon, posandola sul tavolo. "Dottoressa M., tu non te ne vai da nessuna parte."

CAPITOLO CINQUE

Miranda

Due RUOTE di pensieri girano contemporaneamente. Uno: mi ha chiamata *dottoressa*, il che mostra rispetto, addirittura ammirazione. Se non fosse per il punto due: ha appena dichiarato che non ho possibilità di scelta in tema di andarmene da qui o no.

È sul secondo pensiero che mi soffermo, irritata. "Come, scusa?" La femminista che è in me alza la testa, pronta a difendermi dall'ennesimo uomo che pensa di potermi controllare.

Caleb, l'uomo arcigno col super-addominale, inarca un sopracciglio e mi guarda. "Mi hai sentito benissimo." Prende un morso di bacon. Con *morso* intendo che strappa a metà tre fette contemporaneamente e le mastica lentamente, mentre mi guarda con cipiglio.

Cerco di interpretare le sue parole. Cioè, suppongo sia ovvio che non me ne posso andare. Probabilmente è questo che sta dicendo. Ma non mi piace il modo in cui l'ha detto.

Perché sta facendo lo stronzo controlla-tutto, o è il killer psicopatico che ha in mente di tenermi qui e sotterrami nel seminterrato.

Ok, non penso che la baita abbia realmente un seminterrato, ma nel cortile, allora.

"Stai dicendo che non me ne posso andare?"

"Già. È proprio quello che sto dicendo."

Socchiudo gli occhi. "Vuoi impedirmelo?"

"Certo che sì. Sai perché? Perché anche se tentassi di allontanarti di tre metri da questa baita, in mezzo alla neve che già ti arriva al petto – cosa che dubito tu riesca a fare – comunque le tracce verrebbero subito ricoperte e non avresti modo di tornare sui tuoi passi. Finiresti probabilmente in una buca, e stavolta sì che moriresti congelata. E allora io dovrei uscire al gelo e riportarti qui." Conclude il suo discorso epico mandando giù un sorso di caffè.

Incrocio le braccia sul petto. Non si sta sbagliando. Solo che non voglio restarmene bloccata per giorni in una baita isolata insieme a mister Scorbutico. Anche se mister Scorbutico guarda caso è anche mister Alto, Oscuro, Tatuato e Barbuto, con quell'aura sexy da uomo di montagna. *Soprattutto* per questo.

"Va bene, non me ne vado da nessuna parte. Ma, giusto per la cronaca, non ho scelto io di restare qui bloccata insieme a te."

"Siamo in due." Mi fulmina con lo sguardo da sopra la sua tazza di caffè. "E comunque cosa ti ha fatto venire fin quassù con questo tempo?"

"Non pensavo che sarebbe stato così brutto," dico a denti stretti. "E non stava nevicando, quando ieri sono uscita dalla baita per la ricerca. La tempesta è iniziata all'improvviso e ho perso l'orientamento. Non sono mica stupida." Mi alzo in piedi e porto i piatti al lavandino.

"Non pensavo che lo fossi, dottoressa M." Enfatizza la

parola *dottoressa*. Mi sta prendendo in giro?

"Ho una scadenza. Mi servono i dati. È importante."
Non c'è la lavastoviglie, quindi inizio a lavare i piatti a
mano e a metterli sullo scolapiatti.

"Non vale la pena di rischiare la vita," mormora.

Lancio una rapida occhiata alle mie spalle. Qualcosa
nella sua espressione mi ricorda il dottor Alogore e i miei
sogghignanti colleghi.

"La sai una cosa? Lascia perdere. Non capiresti."

"Cosa vorresti dire?" I suoi occhi scuri lampeggiando
di giallo. Ottimo, l'ho fatto arrabbiare. Non è stata la
migliore delle idee, ma vederlo così innervosito mi dona un
lampo di soddisfazione. Ho come la sensazione che non
parli – men che meno litighi – con qualcuno da un po' di
tempo. Beh, l'ha ammesso lui stesso, no? "Non sono
stupido neanche io, tesoro."

"Non chiamarmi *tesoro*, per favore." Gli punto contro
un dito.

Scrolla le spalle. "Sei nella mia baita. Dovrai adeguarti
ai miei modi. Non intendo fare niente di male."

Sbuffo. "Che atteggiamento di superiorità e
sufficienza…"

"Signorina, che problemi hai?"

Anche il *signorina* mi dà ai nervi. "Vuoi saperlo?" Alzo
le mani. "Vuoi sapere che problema ho? Il mio problema è
che ogni uomo che trovo tenta sempre di dirmi quello che
devo fare. Mi tratta come uno zerbino e mi calpesta. Ho
delle novità per te, amico." La mia voce si alza ora. "Pen-
sate di essere un dono di Dio alla Madre Terra e che le
donne siano qui solo per compiacere il vostro ego,
succhiarvi il cazzo e, boh, farvi gli occhi dolci. Ma non è
così. Non siamo qui per voi."

Caleb mi fissa come se fossi un'oca starnazzante. E mi
sa che ci assomiglio in questo momento. È strano ma

anche bello dire a un uomo come la penso, tanto per cambiare. Cosa che non potrei mai fare al laboratorio, dato che l'intero mondo della scienza è governato da uomini. Una parola sbagliata e hai perso per sempre ogni possibilità di accaparrarti una buona posizione.

"Non so cosa ti abbiano fatto certi uomini, ma non c'è motivo di prendersela con me."

Finito con i piatti, mi accascio su una sedia. "Hai ragione. Scusa. Sono solo frustrata dall'idea di essere bloccata qui senza il mio computer. Ho un sacco di roba da fare e nessun modo per farlo." Orso viene a leccarmi una mano.

"E io preferirei farmi una dormitina sul divano. Ma siamo incastrati qui insieme, quindi tanto vale trarne il meglio per tutti e due."

La lavatrice emette un segnale acustico e mi alzo in piedi, riconoscente di avere qualcosa – qualsiasi cosa – da fare. Sposto i miei vestiti nell'asciugatrice e la faccio partire.

Tutto nella baita è pulito e ordinato. Ben mantenuto. È un posto semplice e rustico, ma non completamente privo di comodità. Per esempio, ho notato che il lavandino della cucina è attrezzato per lo smaltimento dei rifiuti. E ci sono dei ventilatori a soffitto nell'area del salotto.

Osservate il rustico uomo di montagna nel suo habitat naturale...

Mi schiarisco la gola. "Pensi che nevicherà tutto il giorno?"

Caleb guarda fuori dalla finestra. "Probabile. A ogni modo non te ne vai. Conterei di restare almeno un'altra notte qui. Anche due, se non smette di nevicare." Alza il mento indicando verso quella che dev'essere la direzione delle camere da letto. "Puoi prendere la camera a sinistra. Ci sono delle lenzuola nel primo cassetto del comò."

"Grazie." Mi sto pentendo dello sfogo di prima. Strano

che mi sia sentita tanto a mio agio da arrabbiarmi con uno sconosciuto. Magari c'entra qualcosa il modo in cui abbiamo trascorso la notte. "Apprezzo la tua ospitalità. Non intendevo essere…"

Agita una mano per interrompermi. "Lascia stare. Non ho bisogno di scuse. Soprattutto considerato che io stesso ho delle maniere di merda."

Bene. Questo non dovrebbe scaldarmi il petto e farmi sentire le farfalle nella pancia. Non ho idea del motivo per chi sono così attratta da quest'uomo.

Vado in camera a preparare il letto. Le pareti sono color lavanda. Un letto singolo sta appoggiato alla parete, il materasso spoglio. Trovo delle lenzuola nel cassetto, come mi ha detto. Lenzuola a fiori.

Caleb non mi sembra proprio tipo da muri viola e fiorellini sulle lenzuola. Neanche per il letto degli ospiti. Quindi chi ha comprato le lenzuola? Le ha trovate qui quando ha preso la casa? Magari sta in affitto e gliele fornisce il proprietario? Solo che mi sento certa che questa casa è sua. Lo rispecchia benissimo.

Faccio il letto e ci butto sopra l'imbottita piegata che trovo nell'armadio: anche quella a fiori, e con colori allegri. Dovrei restare in questa stanza e concedergli un po' di spazio. Il posto è piccolo e non è stato lui a chiedere un ospite, dopotutto.

Solo che nella stanza fa più freddo. Non c'è il fuoco. E non ho niente da fare.

Oh, ma chi voglio prendere in giro? Non c'è Caleb. E sono attratta da quell'uomo come un orso dal miele.

Torno in salotto, ricordando improvvisamente che dovrei avere il mio iPad e i campioni di anelli degli alberi nello zaino. Questo potrebbe darmi qualcosa su cui lavorare.

"Caleb?"

Sobbalza e soffoco una risata. Si è addormentato nel giro di pochi minuti, mentre ero fuori dalla stanza. Mi sa che non ha dormito bene ieri notte con me addosso.

"Avevo con me uno zaino quando mi hai salvata?"

"Ehm, sì." Si strofina la faccia e si alza in piedi. Le sue lunghe gambe si piegano potenti e riesce a far apparire il movimento aggraziato, nonostante la stazza e il divano basso. Recupera il mio zaino da dietro la porta d'ingresso. "Ecco qua."

"Grazie al cielo," dico con un sospiro, più a me stessa che a lui. "Posso iniziare a catalogare."

~

Caleb

DIAMINE, questa femmina mi farà diventare scemo. E non solo perché è una rompipalle. Il che è vero. Ma più che altro perché stare intrappolati in questo spazio limitato con lei sta causando effetti piccanti sul mio orso.

Idealmente potrei andarmene nella mia stanza, chiudere la porta e dormire fino a che non è ora che se ne vada. Ma gli umani non vanno in letargo, e lo troverebbe strano. E poi continua a svegliarmi per ogni tipo di cagata.

Mi passa accanto mormorando tra sé e sé: "Il maschio di questa specie padroneggia solo le abilità di sopravvivenza più basilari. Le più avanzate tecniche di costruzione del nido sono lasciate alla femmina, che creerà un ambiente ideale per i suoi piccoli…"

"Ma che cazzo dici?" bofonchio, e lei ruota su se stessa, rossa in viso.

"Come?" Le sue labbra si muovono, formulando delle scuse. "Ehm, ho parlato a voce alta? Scusa, a volte passo il tempo facendo finta di essere una voce narrante. È solo uno stupido gioco."

Cavolo, ha un viso così grazioso. Con le guance arrossate e le labbra schiuse, sembra che abbia appena scopato e goduto a dovere.

No. No. No. Non pensarci…

"Però…" Agito la mano verso la parte opposta della baita. "Resta da quella parte."

Ottimo. Proprio ospitale.

Se ne va a grandi passi, mormorando qualcosa come: "Lunghi periodi di isolamento possono portare alla perdita delle fondamentali misure di cortesia e all'incapacità di interazione sociale…"

Sono riconoscente quando fa silenzio, ma niente mi aiuta a dimenticare che si trova qui. Averla qui è una speciale forma di tortura. Non me ne posso stare con le mani in mano, se lei è presente all'interno del mio spazio. Il suo profumo di fragole e gelato alla vaniglia mi solletica il naso. La sua sensibilità altezzosamente femminista mi istiga. Il suo corpo formoso appare maturo e pronto a essere sbattuto. Il mio orso si aggrappa con gli artigli dentro di me per affiorare in superficie, e lo fa così rapidamente che la mia vista cambia. Sbatto rapidamente le palpebre, spingendolo giù.

Merda! Smettila di pensare a sbattertela.

Smettila. Di pensare.

Forse dovrei andare in camera mia a farmi una sega. Giusto per alleviare la pressione. Sento il cazzo premere contro i jeans, a favore dell'idea.

Ma nella baita c'è un tale silenzio che probabilmente mi sentirebbe.

Cristo, perché non ho un televisore? Una radio? Qualsiasi cosa per creare una comoda distanza tra me e questa femmina umana?

CAPITOLO SEI

Miranda

PER BUONA PARTE DELLA MATTINA, Caleb russa dietro a una copia del *National Geographic* con dei grizzly sulla copertina. Non si muove dal divano fino all'ora di pranzo, quando prepara dei panini al tacchino e li serve in tavola con una ciotola di noccioline miste.

Lo aiuto a ripulire la cucina, poi mi siedo e catalogo i pochi campioni di tronco che ho preso. Quando finisco, prendo appunti sul tablet per la mia ricerca, e poi passo qualche ora a modificare una proposta che infine vado a salvare sempre sul tablet. Non c'è il WiFi e il mio cellulare non funziona, quindi non posso controllare le email né impegnarmi in alcuna forma di corrispondenza.

Quando ho esaurito tutto il lavoro che posso fare senza il portatile, spengo il tablet.

"Bene, ho esaurito le cose da fare," annuncio, anche se Caleb non è dell'umore per fare conversazione. "Non posso credere che tu non abbia nessun gioco. Un mazzo di carte. Un puzzle. Qualcosa. Qualsiasi cosa."

Vado alla finestra e premo il viso contro il vetro. Nonostante sia quasi morta congelata ieri, trovo che la neve sia bellissima.

"Trivial Pursuit?" chiedo speranzosa, anche se già conosco la risposta. "È il mio preferito." Sto blaterando a vanvera, ma il silenzio sta iniziando a darmi fastidio. "Il mio ultimo fidanzato odiava giocarci con me, perché vincevo sempre. Ci hai mai giocato?"

"No."

"Il mio ex diceva che era uno spreco di tempo imparare tutti quei fatti inutili, ma io penso che fosse solo scocciato perché perdeva sempre." Mi allontano dalla finestra e riprendo a camminare avanti e indietro. La baita è curiosamente priva di oggetti personali, anche se è piuttosto confortevole. Ci sono dei tappeti sul pavimento e le pareti sono dipinte in colori piacevoli: verde mela e giallo. L'arredamento non sembra davvero del tipo da burbero uomo di montagna.

Anche se per certi versi gli somiglia molto. Armadietti su misura che sembrano essere stati costruiti e modellati a mano. Una meravigliosa asse di legno rifinita e trasformata in tavolino. È stato lui a farli? Dà l'idea di essere un uomo che lavora con le mani.

Gliele guardo. Molto grandi e callose.

Rabbrividisco, ricordando quelle mani che mi spogliavano e mi aiutavano delicatamente a entrare nella vasca tiepida, ieri notte. Come mi sentirei a essere accarezzata da quelle mani?

O addirittura… tenuta ferma? Maltrattata. Scopata con forza. Sì, non dalle mani, ma dall'uomo. Wow. Non posso credere di avere pensieri del genere.

Le abitudini di accoppiamento della specie umana. L'uomo si agghinda e flette i muscoli. Nutre e cura la sua femmina, facendole capire di essere un compagno adatto e capace per i loro piccoli. La femmina finge di non accorgersene, ma è solo questione di tempo prima che trovi una scusa per strusciarsi contro il suo grosso uccello sporgente. La risultante danza dell'accoppiamento passa dalla fornicazione sul divano al pavimento, al tavolo della cucina...

Ah! La mia narrazione umoristica sta diventando un porno! "Febbre del sesso in baita: innocente ricercatrice salvata dall'uomo di montagna gli dimostra la sua gratitudine." Mi candiderei sicuramente. Soprattutto se il protagonista lo interpretasse Caleb.

Mi passo una mano sul volto accaldato. Forse congelare e quasi morire assiderati fa aumentare il livello degli ormoni a proporzioni epiche.

Caleb mi guarda torvo dalla sua sedia. Orso mi scruta senza spostarsi dalla sua posizione, accucciato sul pavimento ai piedi di Caleb. Strano che il mio cane ora ritenga Caleb suo padrone. Mi sa che anche lui è un porco sessista, che adesso si prostra davanti all'unico uomo nella stanza. Traditore.

"Andiamo." Batto le mani. "Facciamo un gioco."

"No."

"Obbligo o verità?"

"Passo."

"Per favore," lo imploro. "Cos'altro possiamo fare?"

Caleb mormora qualcosa che assomiglia sospettosamente a: "Pensavo che una scienziata cervellona stesse più zitta."

Arriccio il naso. "Possiamo giocare a qualcosa oppure posso raccontarti altro sulla mia ricerca."

"No."

"Il mio attuale progetto riguarda l'effetto del cambiamento climatico sugli alberi del Nuovo Messico. Sto

LA PREDA DELL'ALFA

usando dei campioni di pino giallo per osservare cos'è successo nel corso degli ultimi cento anni o più."

Caleb sbuffa.

So che non è realmente interessato, ma dato che mi ha provocata con quel commento sullo stare zitta, non posso fare a meno di fargliela pagare. Mi metto a spiegare i dettagli della mia ricerca sovvenzionata. "Ho fondamental-mente circoscritto un'area vicino alla cabina di ricerca e ora devo prelevare un campione da ogni albero all'interno di quella zona. Ho iniziato lo scorso autunno, ma il lotto non si è rivelato abbastanza grande, quindi sono tornata qui per procurarmi altri campioni."

Le labbra sensuali di Caleb si tendono, ma non distoglie lo sguardo. Mi sta fissando con inquietante intensità animale.

Procedo comunque. "La mia ricerca preliminare mostra un significativo effetto sugli alberi. Quando unirò questi risultati a quelli della ricerca sul pino dalla corteccia bianca, dovrei avere per le mani un vero e proprio caso da proporre. Soprattutto con il pino dalla corteccia bianca. È una specie chiave in Colorado e nel Wyoming. Il suo declino ha un effetto diretto su flora e fauna circostanti, soprattutto sugli orsi bruni, che si affidano ai suoi pinoli come nutrimento."

Per qualche motivo, Caleb sembra trovare interessante l'informazione. Piega la testa di lato e apre la bocca come se fosse sul punto di dire qualcosa, ma poi scuote la testa, facendo ondeggiare la barba come se avesse cambiato idea. "E cos'hanno a che fare con te questi uomini?"

"Cosa? Quali uomini?" Mi guardo attorno, come ci fossero degli uomini immaginari.

"Quelli che hai citato prima. Quelli che ti trattano come uno zerbino." Si acciglia quando lo dice, e stringe i pugni. Se il dottor Alogore fosse qui, o uno dei tipi con le

67

Dockers che fanno parte della sua brigata, apparirebbero pallidi e grassi accanto alla perfezione fisica di Caleb. Provo un piacere perverso nel constatarlo.

"Non importa," dico agitando una mano. "Non sono importanti. E comunque mi sono sbagliata a prendermela con te per colpa loro."

"Ti hanno fatto del male?"

"Come?" Sgrano gli occhi notando la tensione fisica che gonfia le sue braccia muscolose. È una cosa mozzafiato, sul serio. Non ho mai incontrato un uomo come lui prima d'ora. Molto grezzo e ruvido, ma non privo di gentilezza. E chiaramente preoccupato per ogni genere di ingiustizia che potrei subire.

Wow.

"No. Per niente. Beh, a meno che non conti la sofferenza emotiva e legata alla carriera. Sono solo dei... maschilisti. E non hanno rispetto. Mi trattano come un bell'esemplare di culo. O la loro assistente di ricerca personale. O peggio: una segretaria."

Le sue narici si dilatano. "Ti toccano senza il tuo consenso?" ringhia. Sento rizzare i peli alla base della nuca, ma mi si induriscono anche i capezzoli. C'è qualcosa nel modo in cui questo rude uomo di montagna pronuncia la parola *consenso*. Oooh, è così sexy. Rabbrividisco.

"No, niente del genere." Tiro indietro i capelli. "È solo che non mostrano rispetto per il mio contributo. Il mio cervello risulta utile solo in un ruolo di supporto ai loro progetti. Non stimano la mia ricerca. Non mi invitano mai a essere a capo di qualcosa, o lo fanno solo per farmi fare il lavoro pesante – scrivere le proposte e compilare le scartoffie – e poi mettono i loro nomi sopra al mio nelle pubblicazioni."

Caleb mormora qualcosa.

"Come scusa?" Mi porto una mano all'orecchio,

pronta a mangiarlo vivo se avesse proferito un commento sessista.

Si schiarisce la gola. "Allora sono degli idioti." Mi guarda dritto negli occhi.

Deglutisco.

"Qualsiasi uomo sarebbe fortunato ad averti in squadra con lui. Sei chiaramente una scienziata che lavora sodo e che sa quello che fa."

Beh, che carino. "Grazie…"

"Ma sarebbe comunque difficile per loro ignorare il fatto che sei piacevole all'occhio."

Colpo mancato. Lo guardo ruotando gli occhi al cielo. "Obbligo o verità."

Scuote la testa.

"Io ho appena fatto il mio. Ed era la verità. Ora tocca a te."

Sbuffa.

"Verità. Perché sei quassù tutto solo?"

"Non sono affari tuoi," ringhia, e prende la sedia, girandola in direzione del caminetto, lasciandola ricadere sul pavimento con un tonfo. Orso piagnucola.

"Va bene." Ricomincio a camminare.

La noia si allarga. Non sopporto di non avere niente da fare: niente lavoro, soprattutto nel mezzo del pomeriggio. In genere lavoro fino a che non ho più la forza di formulare un pensiero, e poi lascio morire il cervello e guardo *The Bachelor* o *The Voice*. A dire il vero ho qualche episodio di *The Bachelor* salvato sul tablet, ma se devo restare qui tutto il giorno, forse anche di più, mi sa che dovrò risparmiarmeli per più tardi. Per stasera, quando sarò pronta per andare a letto e avrò bisogno di qualcosa per addormentarmi.

Caleb non ha neanche una televisione. E pare che la cosa non lo disturbi minimamente.

RENEE ROSE & LEE SAVINO

Seriamente non capisco.

"Che lavoro fai?" gli chiedo. "Quando non sei bloccato in casa dalla neve?"

"Edilizia. Strade. Lavoro stagionale."

Inarco un sopracciglio. "In inverno?"

Un angolo della sua bocca si piega in un sorriso sghembo. "Donna intelligente. No, non in inverno. In genere in inverno mi riposo. Ma il mese scorso ho fatto qualche combattimento per tirare su due soldi."

Sgrano gli occhi di colpo: l'immagine di lui a torso nudo, i pugni stretti, mi entra nella mente fin troppo facilmente. Odio la boxe – non guardo mai nessuna forma di combattimento – ma per qualche motivo sono eccitata. E le mie parti intime si attivano, i capezzoli si induriscono, il clitoride freme.

La dimostrazione di dominio di un maschio superiore non manca mai di attrarre le femmine della specie, indipendentemente da quanto siano raffinate...

Sul serio. Devono essere i postumi dell'ipotermia. Non sono mai così arrapata come una cagna in calore. Soprattutto per un He-Man come Caleb.

"Sono sicura che ti fai valere alla grande," ipotizzo, parlando più a me stessa che a lui.

Inarca un sopracciglio, come se fosse sorpreso. Poi scrolla le spalle. "L'ultimo incontro è stato un forfait. Delusione enorme per me, anche se mi sono portato a casa la vincita. Non ho neanche iniziato il combattimento."

Prendo il labbro inferiore tra i denti. Giuro che sento il suo testosterone che mi avvolge il corpo come un'ondata calda.

Cosa mi ha fatto pensare di odiare gli uomini?

Questo riesce a rendere ammirevoli tutte quelle caratteristiche che credevo di disprezzare.

Per distrarmi e impedirmi di spogliarlo con il pensiero,

mi alzo e girovago per la cucina, facendo come se fossi a casa mia. "Sai di cosa ho voglia?"

Caleb sbuffa.

"Cioccolata calda. Hai della cioccolata calda?" Rovisto nella credenza.

"Secondo te?" Caleb ha un tono disgustato.

"Non occorre che sia il preparato pronto. Posso usare una qualsiasi barretta di cioccolata… scioglierla, o qualcosa del genere." Prendo una bottiglia senza etichetta. "Questo cos'è?"

"Niente."

Scuoto la bottiglia e sento che dentro c'è qualcosa. "A me non sembra *niente*." La stappo e annuso. Una folata di alcool puro mi riempie il naso e quasi sputo. "Wow, accidenti." Tossisco. "Cos'è questa roba? Gradazione massima?"

"No." Caleb è al mio fianco e allunga la mano verso la bottiglia. Non l'ho neanche visto spostarsi. "Mettila giù. Quella roba è più forte di quanto tu possa immaginare."

"No." Nascondo la bottiglia dietro alla schiena, contenta di averlo fatto alzare dalla sedia. Mi stringe contro la credenza. "Adesso è mia."

"Ti sto avvisando. È troppo forte per un'uman… cioè, una donna."

"Stavi per dire *umana*?" Rido. "Chi va a Roma, perde la poltrona."

"Cosa intendi fare? Berlo?" Incrocia le braccia sul petto, gonfiando meravigliosamente i bicipiti.

"Magari sì." Tiro fuori la bottiglia da dietro la schiena e la guardo. Mi mette un po' di soggezione, questo contenitore marrone. Annuso dal bordo della bottiglia. Sa un po' di trementina. Forse non è davvero bevibile.

Caleb è torreggiante davanti a me. È completamente

nel mio spazio e il mio corpo sembra esserne molto contento. Tocco il vetro con la lingua.

"Faresti meglio a non farlo," dice.

Ora ho qualcosa da dimostrare. "Giù tutto d'un fiato." Prendo un grosso sorso.

Poi so solo che sono piegata in due, annaspante, mentre un fluido incandescente mi brucia le viscere.

"Miranda," grida, e mi batte la schiena. Dove prima avevo lo stomaco, adesso mi sembra di avere un buco fumante. È la prima volta che pronuncia il mio nome, e mi piace il suono che produce. Soprattutto con quella nota di preoccupazione.

"Dannazione," dico tossendo, gli occhi che lacrimano. "È davvero uno sturalavandini."

"Pensavo che avresti bevuto un sorso, non mezza bottiglia, cazzo." Deve essere riuscito a prendermi la bottiglia dalle mani ora molli prima che cadesse, perché sento che la posa sul bancone con un tonfo.

"Tocca a te," dico con voce roca.

"Non se ne parla." Spinge il mio corpo su una sedia.

"Sei tu quello che voleva riprenderlo. Ti sfido."

"No."

Indico la bottiglia. "Coniglio."

Socchiude gli occhi. Dentro di me, esulto. Non so cosa si sia impossessato di me tanto da portarmi a importunare quest'uomo, ma ora che so che è un vero gentiluomo, adoro provocarlo. *La femmina mette alla prova il maschio per assicurarsi che valga la pena di flirtare con lui...*

Ringhiando a denti stretti, va a grandi passi al banco della cucina, afferra il collo della bottiglia e prende un sorso. Lo guardo, aspettandomi dei segni di disagio. Niente. *Nada.* Né un colpo di tosse, né un battito di ciglio. Caleb è uno tosto.

Nel frattempo, l'alcool non mi sta tanto scorrendo nel

sangue, quanto disegnando una traiettoria infuocata sia nelle braccia che nelle gambe. Agito i pugni in aria ed esclamo: "Obbligo o verità!"

Caleb si siede di fronte a me, i pugni stretti sulla bottiglia. "Oh no. Tocca a te."

"Va bene." Mi lecco le labbra. Il suo sguardo scatta sulla mia bocca. Dannazione, mi devo fermare. "Uhm… verità." Non penso di poter gestire un obbligo, ora, soprattutto se riguarda un alcolico che sa di trementina.

"Dov'è il tuo uomo?"

"Cosa?" La bocca si muove lentamente ora. In effetti, sento tutto il volto indolenzito. Mi picchietto le dita sulle labbra fino a che non mi rendo conto di cosa sto facendo. "Di che uomo stai parlando?"

"Quello a cui farò il culo per averti permesso di venire quassù da sola e senza accompagnamento."

Aggrotto la fronte mentre cerco di pensare a chi si stia riferendo. "L'uomo a cui farai il culo… intendi il mio capo?"

"No, ma non mi piace neanche lui." Il suo ringhio fa vibrare il tavolo. Il dottor Alogore è decisamente sulla sua lista nera. Lo spaventoso uomo di montagna è minaccioso. Non vorrei mai trovarmelo contro. Cioè, non in senso civettuolo. Oh Dio… sto flirtando?

Io non flirto mai!

"Intendo il tuo uomo. Non mi dire che una donna come te non ha un uomo." Dal modo in cui scruta il mio corpo con lo sguardo, le cose si fanno improvvisamente molto chiare.

"Ehi, ehi, ehi." Agito le mani. Cavolo, ma fa caldo qua dentro? Mi slaccio un paio di bottoni della camicia di flanella. "Ehm." Mi riconcentro su Caleb. "Stai dando per scontato un sacco di cose, amico. Prima di tutto, non ho un uomo. Non è che una donna come me – o chiunque –

abbia la necessità di stare attaccata a un pene. Io non sono 'posseduta'… da nessuno. E mai lo sarò."

I suoi occhi si fanno più scuri. "Stai dicendo che sei vergine?"

"Cosa?" Sbuffo. Uno sbuffo molto poco femminile. La sua camicia mi si apre davanti e io la ritiro su. "No. Ho dec… decisamente…" Parlo molto lentamente e con parole scandite. "…fatto sesso. Solo che non ho un compagno. Sono uno spreco di tempo e di materia grigia. Hanno bisogno di qualcosa in cui infilare il cazzo per pompare la loro autostima, e non danno niente in cambio. Gli uomini prendono e basta. Non ho le energie per una cosa del genere. Ho del lavoro importante da fare. Alberi da… campionare."

Caleb sbuffa. Prende un altro sorso dalla bottiglia. I miei occhi si fissano sul distillato. Agito una mano. "Dai qua."

Non mi passa il contenitore, ma me lo porta alla bocca e ci fa cadere dentro qualche goccia.

"Ehi!" Mi asciugo la bocca, gustandomi l'indolenzimento della lingua. "Non è abbastanza."

"Penso tu ne abbia avuto un sacco, tesoro."

"Non chiamarmi così." Rabbrividisco. "Il dottor Alogore mi chiama così. Mi fa venire voglia di vomitare."

"Magari dovresti dire al tuo uomo di parlarci." Caleb ha l'aspetto di uno che vorrebbe accoltellare qualcosa.

"Non ce l'ho, un uomo. Sono 'a donna 'i me 'tessa," biascico, e faccio schioccare le labbra, cercando di renderle di nuovo sensibili. Poi ci riprovo: "La donna di me stessa. So prendermi cura di me."

"Uhm," commenta Caleb, la bocca appoggiata all'imboccatura della bottiglia.

"Che intendi, eh? L'hai detto in modo molto…" Lo guardo di sbieco.

"Intendo dire che hai bisogno di un uomo."

"Per favore." Sbatto la mano sul tavolo. "Non ho bisogno di un uomo, né di nessuno."

"Cioè… dovresti avere un uomo. Una donna come te."

Inarco un sopracciglio.

"Bella," dice, e il mondo diventa rosa. *La vie en rose.* Pensavo fosse solo una canzone. *Eccitazione che imita l'ebbrezza e viceversa. Metterle insieme può essere pericoloso…*

"Grazie."

"Devi mangiare di più," dice Caleb con tono accusatorio. Si alza dal tavolo e rovista nella credenza. Torna con una barretta di cioccolato.

"Omioddio." La afferro con entrambe le mani. "Ti amo." Il torpore si è spostato altrove, probabilmente per terrorizzare il mio fegato. Il cibo è proprio quello di cui ho bisogno.

Caleb si lascia cadere sulla sedia davanti a me, soddisfatto. Non batte nemmeno ciglio quando strappo la confezione e mi infilo la barretta in bocca con entrambe le mani. Mangio come uno scoiattolo che si prepara all'inverno, e lo guardo con entrambe le guance piene.

"Saresti un compagno adorabile per qualcuna."

"No," borbotta lui, e concordo allegramente.

"No, hai ragione. Sei una lagna. Ma salvarmi la vita, prepararmi la colazione, darmi la cioccolata…" Gli mostro il pollice all'insù. "Ti ho ringraziato, comunque?"

"Sì."

Mi pulisco la bocca e lo ripeto. "Grazie per avermi salvato la vita."

"Non c'è di che."

"E per avermi detto che sono bella."

Il suo sguardo si alza, incrociando il mio, e resto esterrefatta. Un brivido mi attraversa il corpo: un'ondata di desiderio. La stanza, la neve fuori: tutto è uguale. E tutto è diverso.

"Uhm, è stato carino da parte tua," sussurro.

"Nessun problema," dice, rivolto al tavolo.

Finisco la mia cioccolata. "Scusa, avrei dovuto lasciarne anche per te."

"Va bene così." Ha un'espressione strana in volto. "Puoi sdebitarti. Tocca a te. Verità."

"A me?" È il mio turno? "Aspetta, non è così che funziona. Devo scegliere io."

"Verità," insiste. "Perché non hai un uomo?"

"Intendi un compagno?"

"Intendo un uomo," ripete con fermezza.

"Perché non ce l'hai tu?" ribatto. Scuote la testa. Sospiro. Glielo devo per la barretta di cioccolato. "La verità? Non mi piace il sesso."

"Cosa?" Resta impietrito.

"Ho detto che non mi piace il sesso." Alzo il mento. "È assolutamente sopravvalutato."

"Sopravvalutato."

"Sì, sai," dico agitando la mano in aria. Quando si è in ballo, bisogna ballare. "Tutto questo corteggiamento e tutte le canzoni d'amore, e quello che scrivono nei romanzi d'amore. Non è vero. Il sesso è un casino, a volte disgustoso, direi. Meno male che dura solo qualche minuto."

"Qualche minuto," ripete Caleb, incredulo.

"Già." Mi metto sulla difensiva. "Non dirmi che tu lo fai durare di più o roba del genere. Ogni uomo pensa di essere un dono di Dio per le donne, e… beh, è solo una delusione."

Giocherello con la carta della cioccolata. Il calore della… emozione di Caleb – o qualsiasi cosa sia – trasuda da lui. Mi raggiunge, coprendo la distanza tra noi.

Appoggia la bottiglia sul tavolo con un tonfo deciso.

Faccio un salto sentendo la sua sedia che gratta sul pavimento, spinta indietro. Fa il giro del tavolo, pianta una mano sul piano davanti a me e una sullo schienale della mia sedia e si china in avanti.

"Mi stai dicendo…" I suoi occhi scrutano il mio volto. "Che una donna come te, con questo corpo fottutamente sexy… non ha mai conosciuto il piacere dato da un uomo?" Caleb, l'uomo di montagna, certo non si risparmia.

Sento un fremito in mezzo alle gambe. L'eccitazione mi solletica la pelle.

"Ehm…"

Posa una grossa mano sulle mie clavicole, il pollice trova il battito del cuore e lo accarezza leggermente. Santo cielo, il mio corpo torna in vita. Gli angeli stanno cantando in coro, e lui neanche mi sta toccando, quasi.

"Un corpo come questo è stato fatto per essere spogliato. Accarezzato tutto." La sua voce si infila in posti segreti. Di solito odio – disprezzo – che mi si riduca a un paio di tette grosse. L'oggettivazione delle donne mi manda fuori di testa. Ma il mio corpo reagisce a ogni sua parola. I suoi occhi incontrano i miei con l'impatto di una pistola stordente. La luce li colpisce a una strana angolazione, facendoli apparire gialli invece che marroni. "… venerato. Io farei con estrema calma…" Una mano si posa alla base della mia nuca e inizia a massaggiare. Mi sciolgo. Dieci secondi, e sono come burro su una piastra bollente. "Infiniti orgasmi," mormora. "Piacere infinito. Il fatto che tu non abbia incontrato un uomo capace di darti tutto questo, bellezza… è un crimine contro l'umanità."

Apro la bocca, ma non ne esce nessun suono.

"La prima cosa che farei, dottoressa M.," dice fissandomi le labbra, "è prendere quella bocca. Quella bocca intelligente e imbronciata. Ti bacerei fino a farti arrendere

77

del tutto. Poi ti bloccherei le mani sopra alla testa, ti terrei giù e ti bacerei ancora un po'." Inspira profondamente, come se non potesse averne abbastanza del mio profumo. I suoi occhi mi osservano su e giù come se mi toccassero. I brividi partono dai miei seni e si propagano oltre. "Poi ti spoglierei, lentamente. Ti bacerei ancora un po'. Scoprirei dove toccare. Cosa ti fa sospirare. Ti assaporerei." Deglutisce e io inspiro un po' di aria. "Dappertutto. Ovunque." La sua voce si fa più profonda. I brividi si diffondono in tutto il mio corpo, tirandomi giù. "E poi…"

Una lunga pausa.

"E poi?" chiedo con voce stridula.

Espira. Mi chino in avanti e si irrigidisce.

"No," dice.

"No?"

"È una cattiva idea." Si ritira.

Resto a bocca aperta.

"Non dovremmo. Non dovrei…" Si passa una mano sulla faccia. "Dimentica quello che ho detto."

"Cosa?" Sono in piedi. "Non puoi… dire tutte quelle cose e poi tirarti indietro!"

"Miranda…" Un'espressione di confusione gli appare in volto.

"Innumerevoli orgasmi? Piacere infinito?" Agito le braccia. "Assaporarmi dappertutto? Non puoi dire cose del genere a una… a una… donna sessualmente ignara, e poi lasciarmi così in sospeso."

Mi fissa, ha negli occhi un dolore che rispecchia il mio.

Faccio un respiro profondo e dico la cosa più ignobile che abbia mai detto, men che meno pensato. "Devi mostrarmi quello che hai."

"No."

"Caleb! Per favore…" Indico la camera da letto.

Socchiude gli occhi. "È una cattiva idea."

Mi rialzo in piedi facendo volare la sedia indietro. Ignoro lo schianto alle mie spalle e sbatto la mano sul tavolo. "Sai cosa penso? Che sei tanto fumo e niente arrosto."

"Come scusa?" ringhia.

"Proprio così. Mi hai sentito benissimo. Hai paura che scopra le tue carenze."

"Non ho paura." Torna verso di me, il grosso uomo tutto muscoli.

"Sì." Spingo il petto in fuori e i capezzoli spuntano da sotto la stoffa. Sento le ginocchia deboli, ma resto al mio posto. "Te ne stai quassù, a nasconderti dal mondo, come un grosso e grasso coniglio."

"Miranda…"

"Gnè, gnè, gnè," dico, imitando l'atteggiamento pauroso di un coniglio. È un'imitazione favolosa, davvero autentica.

"Miranda…"

"Gnè! Gnè!" Gli saltello davanti. Non è il modo più sexy per segnalare la mia eccitazione, ma a giudicare dal modo in cui i suoi jeans si tendono e il rossore gli risale il collo, sta funzionando. Raccolgo le mani davanti al petto e annuso l'aria. *La chiamata all'accoppiamento della dottoressa ambientalista. La femmina si avvicina al rozzo maschio e scuote la pelliccia.* Lui è senza parole.

Uno sguardo in basso mi fa notare che la camicia di flanella si è aperta di nuovo e sto mostrando tutto a Caleb.

"Ops." Faccio per riabbottonarla e una mano mi afferra un polso.

"Lascia stare." Sta respirando affannosamente.

"Cosa?" Inizio ad armeggiare coi bottoni, e lui mi ruota un braccio dietro alla schiena, stringendomi al suo corpo. Il suo corpo duro come la roccia e molto eccitato.

"L'hai chiesto tu," dice un secondo dopo con voce roca. Poi abbassa la testa e si impossessa della mia bocca.

~

Caleb

NON RIESCO A FERMARMI. La formosa scienziata ha voglia di una lunga e tosta scopata, e qualcuno deve offrirgliela. Deve imparare che non tutti gli uomini si limitano a prendere. Che il sesso è bello. Che lei ha un corpo costruito per il piacere.

L'odore della sua eccitazione mi inebria più di quanto abbia fatto a lei il mio liquore. Sbatto le labbra sulla sua bocca e me ne impossesso. La possiedo. La lingua penetra tra le sue labbra e sento il sapore dell'alcool e della cioccolata nel suo fiato.

Fermo. Fatti indietro.

È ubriaca.

Te ne stai approfittando.

La ragione tenta di insinuarsi, ma il mio orso non vuole saperne. Si aggrappa alla superficie con gli artigli e i miei denti si allungano.

Cristo, orso. Sul serio? Un morso dell'accoppiamento? Il mio orso è fottutamente pazzo.

Mi costringo a interrompere il bacio e faccio un passo indietro. "Dottoressa, hai bevuto troppo per poter prendere delle buone decisioni."

Stringe il tessuto della mia camicia con le dita e tira nuovamente a sé le mie labbra. Cedo per un momento, assaporandola, divorandola.

E i denti si allungano di nuovo.

Cazzo. Non ho il controllo. Mi tiro indietro. E poi, dato

che non ho le doti verbali per lottare contro di lei, me la getto in spalla e la porto nella stanza degli ospiti.

La stanza di Gretchen. Questo calma il mio orso.

La appoggio sul letto e arretro tornando alla porta, per eliminare l'impulso che mi indurrebbe a saltare addosso al suo corpo. "Fatti un pisolino, dottoressa. Dormici sopra. Vieni a trovarmi quando sei sobria, se ancora vorrai una lezione su quello che può fare un vero uomo." La sto prendendo in giro come uno stronzo, forse in parte sperando che si offenda tanto per via della mia arroganza da decidere di starmi alla larga.

Ho il cazzo che preme contro i jeans, per niente d'accordo col piano di lasciarla su quel letto. Da sola.

Mi fissa con i suoi occhi verdi. Innocenza mescolata a intelligenza. Ebbrezza mescolata a desiderio.

Faccio un altro passo indietro. Devo andare in un posto dove si possa respirare. In un posto dove possa mettere a cuccia il mio orso.

"Sei uno stronzo prepotente."

Sorrido, perché mi piace quando mi risponde per le rime. Mi piace la sua resistenza, la sua insolenza. "Non prepotente. Solo stronzo. E tu sei sbronza. Dormici sopra."

Chiudo la porta con fermezza, come se fosse una bambina discola che ho appena mandato a letto. Forse sono prepotente. Do al mio uccello una stretta brutale attraverso i jeans e stringo i denti.

Questa femmina sarà la mia morte.

Non so neanche cosa pensavo di fare, offrendole il sesso. Non posso neanche dare la colpa all'orso. Sono stato io e basta.

Ma scoprire che non ha mai conosciuto il piacere… mi è sembrata davvero una dannata farsa. Il gentiluomo che c'è in me ha dovuto offrirle di riparare al male. Giuro che è stato un atto di servizio sociale, non di interesse personale.

Oh, vaffanculo. Chi voglio prendere in giro? Ho voglia di sbattere dentro a questa donna dal momento in cui l'ho vista risalire la montagna in auto. Ha una certa aura attorno. La feroce determinazione. Il legame con il suo cane. Il modo in cui ha guardato il mio orso come se fossi un fottuto unicorno o qualcosa del genere. E questo ancor prima di vederla nuda. Ora non riesco più a smettere di pensare a quei meravigliosi e grossi seni. Alla sua figura a forma di clessidra, a quei fianchi larghi, adatti a portare in grembo un bambino e anche ad essere tenuti stretti mentre la sbatto con forza.

Ma non intendo avere una relazione. Non ho in programma di sostituire in alcun modo Jen come mia compagna, soprattutto con un'umana. Quindi non le avrei mai messo le mani addosso.

Solo che poi è venuta a dirmi che odia il sesso. Ora non potrò più fare a meno di pensare a sistemare questo suo problema.

Ma anche se uscisse da lì sobria e ancora desiderosa di ballare il tango − cosa che dubito − non penso di essere in grado di scoparla senza perdere il controllo.

Devo rinchiudere l'orso. E se non ci riesco, meglio che me ne esca da questa baita. Perché se commetto un errore, se perdo il controllo, le conseguenze saranno enormi. E poi non dovrò fare altro che consegnarmi al branco di Tucson e chiedere a Garrett di abbattermi una volta per tutte.

～

SOGGETTO DA LABORATORIO 849

"È ora dei tuoi test," dico alla donna nella gabbia.

"No." Si rannicchia contro il retro della gabbia per

cani, con indosso solo un lurido reggiseno e un paio di mutandine. La stessa biancheria da mesi. Apro la porta, allungo un braccio e le inietto un rilassatore dei muscoli, in modo che non si possa ribellare a me, prima di tirarla fuori di lì.

Non che sia una grossa minaccia, contro la mia forza superumana, ma la prudenza non è mai troppa.

La lego a una lettiga e le prelevo il sangue, che mescolo al siero prima di iniettargliielo di nuovo. Le schiaffeggio le guance, controllando se le pupille cambiano man mano che il siero fa il suo effetto.

Solo qualche altro soggetto per le prove e otterremo la formula giusta. Decifreremo il DNA di tutti i mutanti.

I test sulle capacità di guarigione sono stati inconcludenti. Tutti i tagli e i lividi che ho inflitto ai soggetti guariscono a velocità normale, umana.

Ho bisogno di altri dati. Di un campione da laboratorio più grosso.

Se solo fossi riuscito a prendere quell'orsa mutante e sua figlia, avrei avuto tutto quello che mi serviva. Avrei potuto rielaborare il mio stesso DNA. Possibilmente addirittura accoppiarmi con lei per produrre la mia personale discendenza. Ma si è tramutata e mi ha attaccato, quindi ho dovuto ucciderla prima di riuscire a controllarla.

La mia reazione alla paura o al dolore si scatena troppo rapidamente.

Deve esserci un equilibrio più soddisfacente. Un equilibrio con maggiore controllo. Con il DNA mancante inserito nella sequenza per completare la trasformazione.

"Ti prego," implora la femmina, ma non riesce a muoversi.

La schiaffeggio comunque. Deve imparare ad essere più accondiscendente con i miei test. Come ho fatto io quando li hanno eseguiti su di me.

L'unico modo per essere ricompensata con il nuovo DNA è che mi assecondi.

La schiaffeggio ancora, solo perché in un certo senso mi dà soddisfazione. "Zitta. Il tuo lavoro è di stare zitta e lasciare che il tuo sangue assimili il siero. Poi testeremo la tua resistenza al dolore."

Mi giro verso la femmina legata accanto a lei. "Ora tocca a te," dico, ridendo dell'acre odore di paura che emana.

CAPITOLO SETTE

Miranda

Q<small>UANDO</small> C<small>ALEB</small> mi ha lasciata sul letto con il corpo in fiamme e tutte le mie sicurezze arruffate, avrei voluto tirargli dietro qualcosa. Ma alla fine aveva ragione.

Ero ubriaca.

E un pisolino è stato di aiuto.

Mi sveglio un paio d'ore più tardi, con le idee molto più chiare.

E poi ho paura di uscire dalla stanza, perché non riesco a decidere se sentirmi in imbarazzo, incazzata o riconoscente. Beh, a dire il vero non c'è niente da decidere. Provo tutte e tre le cose.

Sono sollevata di sapere che Caleb è un gentiluomo, proprio come sospettavo. Scontroso, burbero, ma un vero cavaliere.

Mi immergo in quel pensiero, mentre esco e lo trovo in cucina, intento a tirare fuori una trota enorme dal forno.

"Mmm, che buon profumino."

Sbuffa, ma non si gira.

"Ti sei ripresa?"

"Sì." Ancora non mi ha guardato. Porta il pesce alla tavola e lo appoggia su una griglia. Solo allora si volta e mi indica una delle sedie. "Vieni a mangiare."

"Grazie." Sono profondamente consapevole dei miei capezzoli che spingono sotto alla camicia di flanella. Oh, santo cielo, perché continua ad aprirsi? Il ricordo di essermela sbottonata fino allo sterno mi torna alla mente, accompagnato da un'ondata di eccitazione. Traffico con i bottoni, ma il modo in cui mi guarda le dita mi fa solo arrossire di più.

Chissà se i miei vestiti sono usciti dall'asciugatrice? Un reggiseno probabilmente ci starebbe bene.

Mi tuffo sulla sedia dietro al tavolo per nascondere il mio imbarazzo e prendo la forchetta. Aspetta. Ha preparato la tavola?

Improvvisamente mi sento assurdamente felice che si sia scomodato a cucinare e apparecchiare. *In un tentativo di fare colpo sulla femmina prescelta, il maschio intraprende azioni di vita domestica.* Beh, forse non sta tentando di fare colpo su di me. Se avesse tirato fuori dei bicchieri per il vino, avrei avuto la certezza che si poteva trattare di un tentativo di corteggiamento, ma non ce ne sono. Probabilmente ne ha fin sopra ai capelli della brilla Miranda.

Si siede di fronte a me e serve il pesce insieme a patate al forno, guardandomi come una creatura che non riesce a capire del tutto, una creatura che da un momento all'altro potrebbe fare qualcosa di scandaloso.

Decido di scioccarlo. "Allora, quand'è che hai intenzione di farmi vedere cosa sa fare un vero uomo?"

Resta immobile, la forchetta sollevata a metà tra piatto e bocca, le labbra aperte. Assaporo la sua sorpresa. *Posto di fronte a una femmina che fa la prima mossa, il maschio reimposta la sua strategia.*

Il silenzio si dilata, e resisto all'impulso di muovermi. La maggior parte degli uomini non gradiscono le donne che li inseguono, perché sono abituati alla dinamica opposta. Pensano che se una donna li vuole, deve avere qualcosa che non va. Oppure restano privati dell'emozione della caccia. Speravo che Caleb fosse più evoluto, ma forse ho interpretato male i segnali. Il suo corpo grida decisamente la parola *macho*.

Dopo un lungo momento, scrolla le spalle e dice: "Beh, *sei* qui per scopi legati alla ricerca." Prende un boccone di cibo. C'è un luccichio giocoso nei suoi occhi?

"Giusto. Ricerca," confermo. "Studi scientifici."

L'ombra di un sorriso arriva a curvargli leggermente le labbra. "*Abbiamo* ancora *tutta* la notte davanti."

"Giusto. E abbiamo già giocato a obbligo o verità."

La sua risata tonante mi sorprende. Giuro che sorprende anche lui, perché la interrompe subito e sbatte le palpebre come se fosse rimasto scioccato che un tale suono potesse uscire da lui. Sono improvvisamente colpita da quanto sia piacevole come uomo. Cosa porta un uomo così affascinante e con un corpo attira-donne a essere tanto inacidito e a rintanarsi in una baita nel mezzo del nulla?

Da cosa sta scappando?

Orso ci guarda dal tappeto davanti al fuoco, dove se ne sta parcheggiato, e scodinzola.

"Ti senti solo quassù, Caleb?" chiedo sottovoce, abbassando gli occhi sul piatto per togliere ogni forma di intensità dalla domanda.

"Non lo so." Ancora una volta, sembra quasi stupito dalla sua risposta. "Per lo più vado in letargo. Cioè, voglio dire che mi chiudo qui e mi spengo. Tu mi stai costringendo a riaccendermi. Probabilmente sarà strano, quando te ne andrai."

Il mio sguardo si solleva, incrociando il suo, e ci resta impigliato. Vengo trascinata a terra dalla profondità del miscuglio di confusione e dolore che trovo nei suoi occhi scuri. E poi ne sono sicura: Caleb, il burbero e gentile uomo di montagna, si sente decisamente solo.

Il mio cuore si stringe per lui, soprattutto perché conosco anche io la solitudine, ma non permetto che nessuna forma di compassione appaia sul mio volto. È un maschio troppo alfa per poterlo apprezzare. Vorrei chiedergli cosa gli è successo, perché sono sicura che sia successo qualcosa, ma il tempismo è pessimo. Se voglio davvero che quest'uomo mi mostri cos'è il sesso fatto bene, allora non posso continuare ad ammazzargli l'umore.

Si alza in piedi e sparecchia. Prendo ciò che è rimasto sulla tavola, guardando le sue larghe spalle mentre sta al lavandino. È singolare e spettacolare come qualsiasi meraviglia di quassù. Una vera gemma di montagna.

Sorrido tra me e me, pensando di catalogarlo scientificamente. *Homo sapiens squalentum.* Sì, ci sta. *Uomo rude.*

"Vado a farmi una doccia," dice, dirigendosi verso il bagno senza guardarmi. Ma poi, quando arriva alla porta, si volta e mi lancia un'occhiata.

Mi inchioda al mio posto, mi fa sentire un fremito di eccitazione nella pancia, i capezzoli diventano duri. C'è un'oscura promessa in quello sguardo. *Homo sapiens squalentum.* Uomo rude e feroce che va a lavarsi per me. *Il farsi belli è una parte essenziale della danza dell'accoppiamento.*

L'acqua parte e ogni cellula del mio corpo si mette sull'attenti. Caleb è là dentro, nudo, che si prepara a sedurmi. Sta succedendo.

Gli ormoni mi inondano il corpo. Le ovaie si stanno

facendo aria a vicenda. Le sento praticamente ovulare a iosa. *Vai a prenderne un po', bella*, mi incitano. *Sarebbe ora!*

È ora. Sinceramente spero che rispetti ciò che ha detto nella sua boria.

In qualche modo ho la sensazione che la risposta sia sì.

～

Caleb

FEMMINA.

Umana.

Femmina.

Umana.

Mentre me ne sto sotto allo spruzzo dell'acqua, il mio cervello e il mio orso pensano e ripensano. Sto tentando di ricordare al mio orso che la deliziosa donna che si trova nella mia baita è umana e, quindi, fragile. Troppo delicata per tutte le cose che voglio farle. Che il mio orso vuole che le faccia.

Tutto ciò che il mio orso grida è: *femmina*. E lo fa con il pieno dominio territoriale di un orso che si sente in competizione. Come se ci trovassimo in primavera, nella stagione dell'accoppiamento, e lui dovesse iniziare a combattere contro gli altri maschi. È aggressivo. Si atteggia. E deve darsi una calmata, cazzo, o non avrò la minima finezza con quella femmina. Non riuscirò a farle cambiare idea sugli uomini e sul sesso. E per qualche ignota ragione, l'obiettivo si fa sempre più importante con ogni minuto che passa.

Mi prendo l'uccello in pugno. Meglio scaricare un po' di foga, o potrei perdere il controllo. Ma no, sono troppo impaziente. Ho troppo bisogno della cosa vera. Me la

RENEE ROSE & LEE SAVINO

posso cavare. La mente è lucida. Terrò a bada l'orso. Mi insapono, lavando ogni anfratto, facendo lo shampoo ai capelli. Penso addirittura di farmi la barba, ma poi metto da parte l'idea. Non me la faccio da quando Jen e Gretchen sono morte. Il mio segnale al mondo che per me era finita.

E anche se in queste ultime ventiquattr'ore il torpore potrebbe essersi scongelato, non sono ancora pronto a tornare tra i vivi.

Indipendentemente da quanto attraente si presenti quella bellissima rossa là fuori.

Spengo l'acqua e mi asciugo, poi mi infilo di nuovo boxer e jeans. Non mi preoccupo di abbottonare o tirare su la cerniera di questi ultimi, né mi infilo una maglietta.

Ho visto il modo in cui guardava il mio petto tatuato e le braccia, questa mattina. Trova tutto molto attraente, per quanto dica di odiare il sesso. E la voglio in forma. Ho bisogno di tutto l'aiuto possibile per fare questa cosa per bene.

Un sussurro del Caleb mezzo morto parla dallo specchio. *Cosa ci fai con un'altra donna?*

Distolgo lo sguardo. *Niente. Rispondo solo a una sfida, ecco tutto.* Un maschio deve dare prova di sé quando lo sfidano, no?

Nient'altro.

Lei sa che non è nient'altro che sesso. Per scopi di ricerca.

Emergo dal bagno fumante e trovo Miranda vicino alla porta sul retro. È illogico. So che non andrà da nessuna parte – non può andare da nessuna parte – ma quando la vedo lì, copro la distanza che ci separa con tre lunghi passi.

Ovviamente stava solo facendo uscire il cane. Il cucciolone ricoperto di neve torna dentro.

Spingo la mano contro la porta e la sbatto, chiudendola. Poi le do una manata sul culo con il palmo dell'altra.

Lei lancia un gridolino stridulo e si gira.

"Stai facendo entrare l'aria fredda." È una cosa stupida da dire. Non me ne frega un cazzo che faccia entrare o no l'aria fredda: ho tenuto la baita caldissima tutto il giorno per lei, e un po' di aria fresca risulta effettivamente un toccasana rinfrescante. No, si tratta più che altro di tenerla qua dentro.

È lei quella che viene inseguita adesso.

La mia preda.

Le sue guance si arrossano un poco, assumendo un colorito affascinante. "N-non è che puoi dare una manata così sul culo a una donna."

"Non posso?"

"No! Non senza il consenso della donna," blatera. "È solo... è solo che..."

Inarco un sopracciglio. Il mio orso è incredibilmente eccitato dal suo sfogo. Amo da morire quando me ne dice quattro. Sarà anche umana, ma si comporta da orsa. Una femmina di cinghiale insegue il maschio, magari lo schiaccia addirittura con la zampa, soprattutto se è la prima volta.

Il cinghiale maschio si ribella raramente. Fa con tutta calma, sapendo che alla fine lei cederà.

"È semplicemente inaccettabile!" finisce di spiegare, senza fiato.

Faccio arretrare la scienziata sexy contro l'asciugatrice, senza toccarla. Poso le mani ai suoi lati, ingabbiandola.

"Ho bisogno del consenso, eh?" Abbasso la testa, porto le labbra vicine al suo orecchio, sempre senza toccarla da nessuna parte.

"S-sì." La sua voce è diventata quasi un sussurro.

"Dimmi un po', dottoressa M.," dico con voce

rombante, inspirando il suo profumo di fragola e gelato alla vaniglia. "Mi consentiresti di farti girare, piegarti in avanti e sculacciare quel tuo culo un po' di volte, giusto per scaldarlo?"

Emette un suono minuscolo. I suoi grandi occhi verdi sono fissi nei miei, le labbra morbide si schiudono. "Ehm..."

"Poi ti allargherei per bene quelle gambe e ti leccherei da dietro. Ti leccherei fino a farti gridare. Dimmi, me lo consentiresti?"

Deglutisce e annuisce. "D-direi che ci starei a provare."

Non posso impedire al mio sorriso ferino di piegarmi le labbra.

"Brava ragazza," mormoro, portando le mani sui suoi fianchi e ruotandola lentamente, in modo che sia rivolta verso l'asciugatrice. "Non te ne pentirai, te lo prometto." La mia voce è più densa del solito.

"Per prima cosa, bisogna che ci liberiamo di queste." Infilo i pollici nell'elastico dei miei pantaloni della tuta – quelli che le stanno così divinamente – e li faccio scivolare giù dalle sue larghe anche. Lei li calcia via prima che possa abbassarmi ad aiutarla. Entro nel suo spazio, premendo l'uccello duro contro la sua schiena, mentre porto le mani davanti e traffico con i bottoni della camicia di flanella. "Ho bisogno di averti completamente nuda per questa cosa."

Si volta a lanciarmi un'occhiata. "Tu te li levi i tuoi vestiti?"

Le mordo l'orecchio e lo tiro con delicatezza. "Tu vuoi che lo faccia?"

"Oh mio Dio," geme. "Sei bravo."

Rido. È la seconda volta che mi fa ridere a voce alta. Non sapevo di esserne ancora capace. "Dubiti di me?"

"Ehm... un po'. No. ecco..." Le copro la bocca con la

mano e la uso per piegarle la testa di lato, scoprendo la linea slanciata del suo collo. Ci passo sopra la bocca, fermandomi a mordere il punto dove il collo incontra la spalla.

"Oh." La piccola sillaba di sorpresa fa premere dolorosamente il mio sesso contro i jeans.

Adoro la sua inesperienza. O mancanza di buona esperienza. Significa che tutto ciò che faccio è una prima volta. L'inebriante sensazione di potere calma un po' di più il mio orso. Ce la posso fare. Non le farò male. La farò decisamente godere.

Porto l'altra mano in mezzo alle sue gambe. Sapevo già dal suo odore che era eccitata, ma il bagnato nettare che ci trovo è ancora più copioso di quanto immaginassi. Paradisiaco. Ci faccio passare sopra lentamente l'indice, poi me lo porto alla bocca per gustarlo. "Hai un buon sapore, dottoressa."

"Da-davvero? È una cosa vera? Non puoi realmente pensarlo."

"No?" Le assesto uno schiaffo sul culo e la faccio gridare. "Lo dico sul serio." Le tiro indietro i fianchi e le faccio allargare i piedi. "Ora spingi in fuori quel culo per la tua sculacciata."

Adoro il rumore dell'aria che le passa attraverso le labbra quando annaspa e mi asseconda.

"Non posso credere che anche questa sia una cosa che si fa." Ride nervosa.

Le do un colpetto sul sedere. "Oh, lo è decisamente. E ti piacerà, anche. Vedrai." Sculaccio l'altra natica. I colpi sono leggeri, ma decisi. Quello che basta per produrre un suono forte, ma non tanto da farle male. Non mi permetto di dimenticare che è una delicata umana. Anche se al momento non mi sembra per niente delicata, sotto alle mie mani. La sento rigogliosa e morbida, perfetta da penetrare con forza.

Le cingo la vita con un braccio per tenerle fermi i fianchi e mi porto accanto a lei. "Te lo meriti, sai," le dico, iniziando un lento ma regolare ritmo di sculacciate sul suo culo.

"N-no, non è vero!" protesta, l'indignazione indebolita dalla mancanza di fiato.

"Oh, sì che è vero." Continuo ad assestarle dei colpi decisi alla base delle natiche. "Trovarti bloccata in quella tempesta. Farmi entrare nudo in un sacco a pelo insieme a te."

"Quella parte ti è piaciuta," mi accusa tra un sussulto e l'altro.

"Una fottuta tortura." Le do una sculacciata più forte, per avermi fatto soffrire.

Il piccolo gemito che le esce di bocca mi fa capire che sta provando la stessa pena, quindi mi inginocchio dietro di lei e le apro il culo. Ha la fica che luccica come un delicato cuoricino rosa di Cenerentola, in attesa soltanto di essere corteggiata.

Faccio del mio meglio. Assaporo le sue pieghe con la punta della lingua, la penetro, la lecco fino all'ano e giro tutt'attorno fino a farla tremare e gridare.

"C-Caleb," gorgheggia.

"Sì, piccolina? Ti stai già divertendo?"

"Omioddio, sì. Caleb... oh!" Il denso desiderio che impregna la sua voce, il bisogno trattenuto fa venire in superficie il mio orso, ma lo spingo giù.

"Girati," le ordino, e le afferro la vita. "Su." Dimentico di nascondere la mia forza da mutante e la sollevo con facilità, facendola sedere sull'asciugatrice. Sgrana gli occhi e capisco il mio errore, ma le allargo le ginocchia e le faccio dimenticare tutto.

La accarezzo con la lingua da diverse angolazioni, infilandole dentro un dito mentre le lecco il clitoride.

Sussulta di piacere, afferrandomi i capelli e intrecciando le dita attorno alle ciocche. Il suo entusiasmo alimenta il mio desiderio di darle piacere. Aggiungo un secondo dito, poi le tolgo entrambe e ci aggiungo della saliva per infilarle il medio nel culo.

"Aspetta… che cosa…" La sorpresa colora i suoi gemiti. Ma poi sono dentro. Trema e freme, il suo piacere superiore alle proteste. Le spingo il pollice nella fica e scopo entrambi i buchi contemporaneamente, inizialmente piano, poi con più forza. Più veloce.

Le sue grida si fanno più forti.

Il volto è una maschera di sorpresa. I suoi seni pieni e sodi rimbalzano. "Oh mio Dio. Oh mio Dio. Oh Caleb!"

Viene.

È ancora più spettacolare di quanto mi fossi figurato: l'estasi scioccata della sua espressione mi mozza il fiato.

Continuo a scoparla con le dita fino a che il suo sesso non smette di contrarsi e le cosce non allentano la stretta.

Ricade indietro, ansimante. "Porca puttana."

Cerco di non sembrare troppo baldanzoso. "Non male, vero?"

Una risata le esce dalle labbra. Sfilo le dita e la tiro giù dall'asciugatrice, le sue gambe strette attorno ai miei fianchi. "E questo è solo riscaldamento per me."

Intreccia le dita nei miei capelli. "Uomo presuntuoso."

~

Miranda

. . .

Santo uomo di montagna. Tiratemi giù dalla Luna, perché sono ancora lassù, uno straccio molle di fluttuante benessere. Il piacere riverbera ancora ovunque, ma soprattutto in mezzo alle mie gambe, con le mie parti intime incendiate che ballano il Charleston per festeggiare la meraviglia del mio primo orgasmo decente.

Non ho mai avuto una tale fortuna neanche masturbandomi.

Ma Caleb ha suonato il mio corpo come un musicista che fa l'amore con il suo strumento.

Mi porta nella sua camera e mi lascia cadere su un enorme letto a baldacchino. "Torno subito," mormora, e lo sento aprire il rubinetto del bagno, probabilmente per lavarsi le mani.

Un allegro entusiasmo mi cresce in mezzo alle gambe e mi rendo conto che potrebbe esserci altro in serbo per me. Dopotutto, lui non ha ancora goduto. Vorrà che glielo succhi?

Di solito è la cosa che mi piace meno fare, ma per qualche motivo con lui sembra diverso. Forse perché mi ha appena dato il migliore orgasmo della mia vita. Quando torna in camera da letto, i suoi occhi si illuminano. Non sono scuri come al solito, sembrano quasi del colore dell'ambra. Emette un ringhio animalesco e sale sul letto, agganciandomi le cosce con le braccia e allargandomele.

Una lunga leccata e si sistema in mezzo alle mie gambe, la lingua che ricomincia a fare la sua magia. Santo cielo. Sul serio? Ancora con il cunnilingus? Non sono sicura di poter resistere oltre. Ho il clitoride dannatamente sensibile adesso. Oh Dio, ma è così bello. Mi dimeno sul letto sotto a Caleb, i baffi e la barba che strusciano contro la mia pelle mentre la lingua fa cose oscene con le mie parti intime. L'eccitazione si riaccende nel mio sesso, si riversa attraverso il mio corpo. Mi pizzico i capezzoli –

cosa che non ho mai fatto prima d'ora – e inarco la schiena contro il letto, con suoni lascivi che mi escono dalle labbra.

"Bellezza, fai dei versi bellissimi quando riesco a farti fare le fusa," dice Caleb con voce rombante.

Porto le mani sulla sua testa e spingo il mio sesso gocciolante contro la sua faccia, sempre più bisognosa. Ride e si scosta, e quasi mi metto a piangere per il distacco. Mi afferra i polsi, bloccandoli con una delle sue enormi mani. "Dottoressa, sei molto lontana dalla conduzione di questo spettacolo."

Il mio cervello si affanna a decifrare il significato di ciò che ha detto. Mi lecco le labbra. "Q-quindi sei uno di quelli che vogliono sempre comandare?" Il trillo che risuona nella mia voce annulla ogni senso di sfida che avrei voluto infondere nelle mie parole.

Il suo sorriso è malizioso. Consapevole. Sale un po' più su e mi ferma i polsi sopra alla testa. "Intreccia le dita tra loro, dottoressa."

Adoro da morire quando mi chiama *dottoressa*. "Pe-perché?"

Ruota un mio capezzolo tra le dita. Lo sento fino in mezzo alle gambe. "Hai voglia di vedere cos'altro so fare?"

Già, direi che ormai mi ha in pugno come sua schiava. Farei qualsiasi cosa per scoprire cos'altro è capace di fare. Anche se la cosa è del tutto autoritaria.

Lo fisso. Non mi sono mai sentita così vulnerabile in vita mia, eppure mi sento anche perfettamente al sicuro. Addirittura protetta. Annuisco e intreccio lentamente le dita tra loro.

"Ora tieni quelle mani sopra alla testa, dottoressa. Se si spostano da lì, ti beccherai un'altra sculacciata." La piega lasciva delle sue labbra è così sexy…

Caleb, strambo bastardo! È un altro uomo adesso: ogni traccia di irritabilità è stata sostituita da oscura seduzione.

Intreccia le dita alle mie, sopra alla mia testa, e mi fa piegare il capo di lato per mettere in rilievo il collo. Ci trascina sopra la bocca aperta, fino alla spalla, dove inizia a mordermi delicatamente. Poi ricompare la lingua, che scivola lungo la clavicola fino alla depressione della gola, e infine in mezzo ai seni.

Ruoto le anche contro il nulla, disperata di avere di più. Di raggiungere la liberazione. Di arrivare all'apice. Mi sfiora il capezzolo destro con i denti e sussulto, ma lui immediatamente allevia il bruciore con la lingua.

Il mio corpo trema, desideroso di ricevere ancora di più, di sapere cosa succederà adesso. Lui fa con tutta calma, spostandosi all'altro capezzolo, succhiando, baciando e mordicchiando.

Vorrei allungare le mani verso di lui – non con un piano cosciente – solo per partecipare, per collegarmi a lui, ma ricordo in tempo che non devo staccare le dita.

"Caleb, non ce la faccio," dico piagnucolando. "Ti prego."

Lui si siede sui talloni e mi massaggia pigramente il clitoride con il pollice. "Che problema c'è, dottoressa? Hai bisogno di venire un'altra volta?"

Annuisco rapidamente. "Sì." Abbasso lo sguardo sul rigonfiamento che ha nei jeans. "Hai intenzione di… ehm…"

Si dà una stretta all'uccello attraverso i jeans, ma scuote la testa. "Non ho preservativi."

Non posso descrivere il senso di disperazione che mi dilania. "Cosa?"

Oh.

Apprezzo la sua onestà e la sua preoccupazione.

Mi lecco di nuovo le labbra. Dannazione, devo eliminare questo tic. "Beh, sto prendendo la pillola. Serve per regolare il mio ciclo. Quindi, ehm, se volessi… cioè, sono pulita. Tu sei pulito?"

I suoi occhi luccicano. Cioè, giuro, brillano davvero. Come gli occhi di un gatto di notte.

"Sono pulito." La sua voce è grezza e roca. "Sei sicura? Cioè, non hai preso la pillola oggi."

"Ne prendo due domani. Andrà tutto bene." Questa è davvero una prima volta. Io che imploro di fare sesso. Io che cerco di convincere il mio partner, e non il contrario.

Caleb fissa il suo sguardo su di me, mentre si stringe il sesso attraverso i jeans. Il suo corpo è slanciato e potente. Un meraviglioso ammasso di muscoli disegnati con l'inchiostro.

Un brivido di eccitazione mi attraversa.

Sta per succedere.

Con Caleb, l'uomo di montagna estremamente sexy, e che presto sarà del tutto nudo.

"Girati."

"Cosa?" Inarco le sopracciglia, sorpresa.

"Mi hai sentito. Voglio scoparti da dietro. Ora puoi sciogliere le dita."

"Prima voglio guardarti mentre ti spogli," dico testarda.

Mi rivolge un sorriso sghembo. "Stiamo contrattando? Pensavo di essere io a comandare, qui."

"*Pensavo* è proprio la parola chiave," gli rispondo di getto. Ma poi perdo tutta la concentrazione sulla conversazione, perché mi rendo conto che i suoi jeans sono aperti e la parte davanti dei boxer è tesa, a celare ancora ciò che voglio così disperatamente vedere.

Oh, santo cielo. È grosso come sospettavo! Davvero enorme. Tende jeans e boxer.

Un piccolo brivido di paura mi scorre dentro. "Non

sono sicura che ci stia dentro." La mia voce sembra piccola.

"Oh, ci starà. E ti piacerà. Ora girati."

Ooh. Questo tono autoritario ha davvero degli effetti straordinari su di me. Mi fa sciogliere in mezzo alle gambe, l'eccitazione mi cola sull'interno coscia. Mi si piegano le dita dei piedi. Rotolo sulla pancia e mi giro a dare un'occhiata dietro alla spalla per guardarlo. Non voglio perdermi un solo secondo di questa scena.

Sorride. "Brava ragazza." Sale sul letto. "Apri."

Posso solo ipotizzare che si riferisca alle gambe, quindi divarico le cosce, separando per bene le caviglie sul letto.

"Mmm," ringhia. "Bella. Sei fottutamente bella."

E mi sento davvero bellissima. Mi sento sexy e desiderabile. Tre cose che non ho provato mai e poi mai. I miei grossi seni magari si beccano anche un sacco di occhiate, ma la cosa non fa che ispirarmi vergogna, di solito. Nelle giornate peggiori, frustrazione e rabbia.

No, in questo momento sto ricevendo le sue lodi in un modo del tutto nuovo. Ci credo. Mi ci crogiolo.

Si inginocchia in mezzo alle mie gambe e le spinge con le ginocchia, allargandole un po' di più. "Sai quanto bella sei?"

Continua a dirlo. *Bella.*

"In questo momento mi sento bella," dico in un debole sussurro.

Mi afferra i polsi e me li blocca sopra al capo, più o meno come ha fatto quando ero sdraiata a pancia in su. Abbassa la testa verso la mia, il suo fiato mi accarezza l'orecchio. "Farai meglio a *credere* di essere bella. Altrimenti, ti dovrò dare un'altra lezione."

Un'altra lezione.

Non ho idea di cosa signifìchi, ma suona sporco e allettante: proprio tutto ciò che mi piacerebbe.

"Ora prenderai il mio grosso cazzo, perché sai che lo userò bene." Spinge contro il mio ingresso con la cappella. È così bello sentirlo sfoderato, la sua verga di velluto che strofina contro i miei succhi.

Lo voglio dentro di me.

Lo voglio tantissimo.

Inarco la schiena, spingendo il sedere verso l'alto, premendo contro di lui.

Ride mentre la cappella scivola dentro.

Gemo.

Si infila pian piano, con una pressione costante. Un centimetro. Un altro. Costringo i miei muscoli a rilassarsi. Sono bagnatissima là sotto, e lui scivola dentro come se fosse fatto su misura per me. O come se fossi io quella fatta su misura per lui.

È una sensazione paradisiaca. Fottutamente perfetta. Tutta quell'operazione con la lingua è stata fantastica, ma niente può sostituire un uccello. Neanche le dita o nessun vibratore che abbia mai provato. No, questa è la soddisfazione che agognavo. Questo è ciò di cui ho bisogno. Anche mentre il suo grosso membro mi dilata e mi riempie del tutto, il piacere supera la paura.

Continua a spingere fino a che il suo inguine non sbatte contro il mio sedere, e poi inizia portarlo dentro e fuori, pompandomi il culo a ogni colpo.

Non ho mai avuto un uomo che mi facesse girare e mi prendesse da dietro, prima – ok, mi rendo conto di quanto limitata sia davvero stata la mia esperienza – ma adoro questa posizione. Ogni colpo contro il sedere mi stimola ancora di più. È dentro fino in fondo, ma non fa male. È bello e basta.

"Sì," gemo. "Ancora."

"Oh, te ne darò ancora." L'oscura promessa è seguita

da una mano che cala sulla mia nuca, tenendomi ferma giù mentre inizia a sbattere ancora più forte.

Più veloce.

Nella stanza riecheggiano gemiti lussuriosi: immagino vengano da me, ma non lo so per certo, perché sto completamente perdendo la testa.

Cerco di formare delle parole, ma dalle mie labbra escono solo suoni privi di senso.

Va avanti all'infinito, ogni colpo completamente soddisfacente, che mi manda sempre più in estasi. Vorrei che non smettesse mai, eppure ho bisogno con tale disperazione che arrivi alla sua conclusione naturale che sto stringendo la coperta con le dita.

"Sì, ti prego, sì," cantileno mentre lui pompa ancora più forte, il suo inguine che sbatte contro il mio sedere come una sculacciata erotica.

Caleb emette un sommesso ringhio: un suono bestiale, seguito poi da un ruggito più potente, un secondo prima di spingere più a fondo e venire.

Grido di piacere, i miei muscoli interni che si stringono attorno al suo sesso, strizzandolo e succhiandolo al massimo. Giuro che sento il calore del suo sperma che mi pervade. I fuochi d'artificio esplodono dietro ai miei occhi. Non mi sono mai sentita più femminile di così. Non sono mai stata così capace di ricevere tanto piacere. Non ho mai conosciuto gli spasimi della passione.

Caleb mi ha insegnato tutto questo.

Il mio burbero salvatore. Il barbuto uomo di montagna dai muscoli scolpiti.

Caleb mi scosta i capelli dal viso e ruoto la testa per guardarlo, dietro di me. "Tutto bene?"

Annuisco. "Decisamente."

"Pensi ancora che il sesso sia sopravvalutato?"

La mia risata esce roca e cruda. "Non quello che sai fare tu."

Il suo sorriso soddisfatto mi fa volare le farfalle nello stomaco. È così bello quando sorride: i denti luccicano bianchi, piccole rughe si formano a lato degli occhi.

Ed è lì che me ne accorgo: ha delle ridenti rughe di espressione attorno agli occhi. Quest'uomo una volta sorrideva un sacco.

Allora, cos'è cambiato?

CAPITOLO OTTO

Caleb

Dovrei essere furioso con me stesso. O almeno dilaniato dal senso di colpa. E in parte ne provo. Ma per lo più... per lo più noto che mi sento... *sano*.

Per tre anni non ho fatto che barcollare al limitare della follia. Ho permesso troppo spesso all'orso di prendere il comando, ho perso la mia presa sulla realtà. Sulla vita. Sull'essere umano. A volte mi sono addirittura chiesto se fossi stato io il responsabile di ciò che era successo a Jen e Gretchen. Sono state uccise da artigli di orso, dopotutto.

E ora... dopo una scopata con una giovane femmina umana, eccomi di nuovo in me. Riesco a pensare lucidamente. In modo più chiaro. Ciò che mi circonda è più a fuoco, la nebbia si è sollevata.

"Com'è stata, secondo il tuo metro di misura?" mi chiede Miranda, scrutandomi da sotto le sue lunghe ciglia. È come se avesse preso delle pillole della timidezza, e stessero facendo effetto ora. Le guance sono leggermente arrossate, i capelli rossi sparpagliati in uno spettinato alone attorno al suo viso radioso.

Mi acciglio, perché la sua domanda mi fa pensare a un paragone con altre donne, cosa che mi riporta immediatamente alla memoria Jen.

La dottoressa arrossisce ancora di più, però, e io mi redarguisco interiormente. Non ho mai avuto intenzione di ferire il suo orgoglio. Magari avevo qualcosa da dimostrare, ma certo niente contro la sua mancanza di doti o di fascino.

Mi passo una mano sulla faccia e mi liscio la barba. "Il migliore sesso che abbia fatto negli ultimi tre anni." Questa almeno è una verità di cui non mi devo sentire in colpa.

Ma è troppo furba. Si china in avanti, appoggiandosi sugli avambracci, e piega la testa di lato. "È l'unica volta che hai fatto sesso negli ultimi tre anni?"

Le rivolgo un sorriso infastidito. "Beccato."

Si mette a sedere sul letto, le grosse tette che si spostano mentre raddrizza la schiena. È così fottutamente voluttuosa. Così attraente. Anche se sono appena venuto – e di brutto – sento il cazzo che diventa duro di nuovo.

Lei lo nota.

Ma nella sua domanda successiva non c'è niente di giocoso. Nessun assillo, nessun riserbo. Neanche giudizio.

"Hai perso qualcuno, Caleb?" La sua voce è morbida. Calmante.

Un suono mi esce dalle labbra. Una sorta di guaito. Non una risata, non un singhiozzo. Una via di mezzo. Mi lascio cadere sul letto accanto a lei e fisso il soffitto. La vulnerabilità di guardarla negli occhi in questo momento è troppa da sopportare. "Non so come tu abbia fatto a capirlo."

"Questa casa è chiaramente tua, ma ha anche un tocco femminile."

"Bene, dannazione. Hai esaminato i dati, eh? Immagino che sia per questo che hai preso un dottorato." Intreccio le dita dietro alla testa. In genere mi incazzo – o mi infurio di brutto – quando la gente vuole parlare del mio lutto. Ma per qualche motivo, questa conversazione si presenta come un sollievo.

Come se il mio passato fosse un fardello che desidero da tempo condividere.

E Miranda è l'ascoltatrice perfetta. Non parla. Non fa altre domande. Propone solo il suo silenzio come spaziosa offerta. Uno spazio che posso riempire se mi va. Oppure no.

"Mia moglie e la mia bambina sono state uccise qualche anno fa."

Sento la sua scioccata e profonda inspirazione, ma si trattiene ancora dal dire qualcosa. Mi lascia semplicemente parlare.

"Le ho trovate giù al fiume. L'attacco di un orso. O così ha detto la polizia. I loro corpi sono stati dilaniati da un animale selvaggio. Non lo so... per me non ha alcun senso."

Aspetta ancora un po' e poi mormora: "Ho sentito dell'aggressione. Non aveva alcun senso neanche per me. A dire il vero pensavo fossero chiacchiere di paese."

Mi volto a guardarla. Le sue parole sono proprio le benvenute. Come una cima di salvataggio a cui mi posso aggrappare. Sono così tanti mesi ormai che mi sento pazzo. Tutti attorno a me, compresi i mutanti, hanno detto che deve essere stato un orso. I mutanti immaginano che sia qualcuno che ha perso il controllo del suo animale: che ha perso la sua umanità ed è impazzito. Più o meno la cosa che è quasi successa a me dopo il loro omicidio.

Gli umani pensavano che l'orso fosse rabbioso. O estremamente aggressivo.

Ma questa beneducata e intelligentissima ambientalista, sdraiata qui accanto a me, ha capito subito che la storia non poteva essere vera. Proprio come me.

Allunga una mano e mi tocca un braccio con le punte delle dita. "Grazie per avermelo detto. Non so neanche immaginare quanto sia stato difficile per te."

"Lascia stare," la interrompo. Non voglio la sua compassione, anche se è calmante come un balsamo.

"Vu-vuoi che vada in camera mia a dormire?" È un'offerta dolce, e che mi arriva come un sollievo. Non le avrei mai chiesto di andarsene, ma all'improvviso mi sembra sbagliato averla in questo letto.

"Sì. Magari è meglio." La mia voce suona più burbera di quanto vorrei e la vedo sussultare.

Dannazione.

Le afferro la mano mentre ruota sul letto per alzarsi. "Miranda?"

"Sì?" Si gira, i capelli rossi che ondeggiano sulla spalla.

"Grazie." Le lascio andare la mano.

Ride sorpresa, mentre si alza dal letto. Poi afferra uno dei cuscini e lo usa per coprirsi. "Non so bene per cosa, ma prego."

"Per questo," dico agitando la mano verso il letto. "E per," mi passo di nuovo una mano sul viso, "per avermi ascoltato."

Inarca le sopracciglia, sorpresa. "Già. Non c'è di che. Grazie a te per, ehm, la ricerca dati."

Non riesco a impedire a un sorriso di piegarmi gli angoli della bocca. E improvvisamente riaffiora il desiderio di fornirgliene altri, di dati.

Meno male che è già alla porta.

"Buonanotte, Caleb."

Wow. Sembra così familiare. Così intimo.

"Buonanotte, dottoressa."

CAPITOLO NOVE

Caleb

FACCIO FATICA A DORMIRE, cosa che non mi è mai successa, soprattutto in inverno. È come se il mio orso pensasse che è estate o qualcosa del genere. È felice.

Cioè, veramente felice. Chi poteva immaginare che avesse solo bisogno di sbattersi una graziosa scienziata?

Neanche il mio senso di colpa riesce a smussare la sua gioia.

Cazzo, sono decisamente più allegro quando scivolo fuori dal letto alle prime luci dell'alba e accendo la macchinetta del caffè. Mezz'ora dopo ho preparato tutto il necessario per fare delle omelette con salmone, spinaci e formaggio cremoso, e ho patate e cipolle a rosolare sul fornello.

"Oh mio Dio, c'è un profumo delizioso qui."

Mi volto per guardare l'ingresso di Miranda. Esce con la sua canotta e i miei pantaloni della tuta, il cane che le trotterella ai piedi. È scarmigliata in maniera adorabile, i capelli folti tutti aggrovigliati per la tosta scopata che le ho dato ieri sera; gli occhi verdi che luccicano e spiccano contro le guance arrossate dal sonno. Mi sorprende che le prime parole che mi salgono alle labbra siano: *Sei bellissima*.

Per niente appropriate. Cioè, neanche inopportune, ma non ci stiamo frequentando. Abbiamo fatto sesso per fornire delle prove a delle possibilità, niente di più. Non è che tutt'a un tratto posso iniziare a comportarmi come se fosse la mia fidanzata.

Questo non impedisce al mio cazzo di inturgidirsi per il modo in cui i suoi seni privi di reggiseno si muovono sotto alla canotta. All'improvviso mi immagino di sollevare quella canottierina e di versarle miele sulle tette, in modo da potergliela poi leccare via tutto.

Deve cogliere la mia vibrazione, perché i suoi capezzoli si induriscono e le si mozza il fiato in gola. Sento l'aroma muschioso della sua eccitazione, più forte anche dell'odore del cibo.

"Ho dormito come un sasso," dice con una risata imbarazzata.

"È il normale effetto del sesso ben fatto."

"Già." Un'altra risata. Si scosta i capelli dal viso. "Non serve più che mi convinci. Mi sono convertita. Non è che cedi i tuoi servizi a pagamento o qualcosa del genere, eh?" Il volto le si arrossa un po' di più, come se non potesse credere di averlo suggerito lei stessa.

E ora ce l'ho più duro del marmo. "Beh, sarei lieto di fornirti un'altra, diciamo, serie di dati. Cioè, per la tua ricerca." La mia voce esce più ruvida del solito.

I suoi capezzoli sporgono ancora di più.

Le palpebre si abbassano a mezz'asta. Fa due passi verso di me, le mani che scivolano in su sul suo torso, arrivando a prendersi e sostenersi i seni.

Porca. Puttana.

Le sono addosso in un lampo. Probabilmente mi sono mosso da mutante senza volerlo. Le afferro le braccia e la faccio ruotare, fino a che con la schiena non sbatte contro il frigorifero, che vibra per l'impatto. Le mie labbra calano sulle sue, catturando la sua bocca piena. Cazzo, dichiarandole proprio *guerra*. Premo il mio corpo sodo contro il suo, morbido e arrendevole, strusciandole la mia erezione contro la pancia.

Geme, aggrappandosi con tutte le sue forze ai miei bicipiti.

Infilo senza tante cerimonie una mano dentro alla tuta e le prendo la fica con il palmo. È bagnata. Un dito si infila nella sua eccitazione senza che neanche provi a farmi strada.

Risponde al mio bacio, la bocca che si muove frenetica sulle mie labbra, la lingua che si intreccia alla mia.

"Adesso ti scopo addosso al frigorifero," ringhio, sollevandole una gamba e mettendomela attorno alla vita. "Ho bisogno del consenso?"

"Ce l'hai," dice ansimando, e infila una mano sotto alla mia maglietta, toccandomi i pettorali.

"Sei bellissima." Ora lo dico. Perché va detto. Merita di sentirselo dire spesso, e ho la sensazione che non accada quanto dovrebbe.

Mi sbottono i jeans e libero l'uccello, mentre ruoto le labbra sulle sue in un altro bacio brutale. Spingo i suoi pantaloni della tuta fino a terra, accucciandomi e dando una lunga leccata al suo nettare.

"Oh!" Le sue anche si scuotono e dondolano, il culo nudo che stampa una calda impronta sul frigorifero.

Scarto ogni nozione di lentezza e di fare le cose come si deve. Il mio orso ha bisogno di scoparla di nuovo, e lei lo vuole, quindi sto solo andando a caccia d'oro qui. Mi alzo in piedi e la infilzo con la mia erezione.

I suoi occhi verdi si dilatano e si piantano sul mio volto. Devo piegare le ginocchia, ma le tiro più su la gamba, prendendola con l'avambraccio per avere un migliore accesso. In questo modo ha la fica più inclinata verso di me e si apre come un fiore. Affondo nella sua deliziosa eccitazione, sprofondandole dentro. Il frigorifero sbatte contro la parete, i vasetti all'interno vibrano sugli scaffali. Adoro il modo in cui il suo sguardo sorpreso resta incollato al mio, come se non volesse perdersi un solo secondo. O come se avesse bisogno di altri indizi per capire ciò che sta succedendo. La sua innocenza dovrebbe farmi venire voglia di essere delicato e andare piano, ma non succede.

Mi viene voglia di *divorarla*, cazzo.

Di *consumarla*.

Sono il predatore, e lei è la mia preda. Il mio prossimo pasto.

Spingo con forza verso l'alto, la faccio sussultare e annaspare ogni volta che sbatto i fianchi contro i suoi, spingendole il culo addosso al frigorifero, che a sua volta sbatte contro il muro. Emette un piccolo gemito e mi tiro indietro.

"Tutto bene, dottoressa?"

"Cazzo, sì," dice in un'esplosione, facendomi ridere.

"Bene," rispondo con voce rombante. "Perché sto per scoparti così forte che poi farai fatica a camminare."

"P-penso che tu ci sia già riuscito," dice annaspando, riso e lussuria mescolati nella sua voce melodica.

"E tu lo prenderai, perché sai che ti farò sentire bene. Vero?"

"Sì! Sì, Caleb!"

Adoro sentire il mio nome in questo tono così appassionato. Trovo il suo buco del culo con il dito medio del braccio che le sostiene la gamba.

La fa annaspare, e la sua fica gronda altro liquido.

"Lascerai anche che ti prenda qui, quando lo deciderò," le dico con tono canzonatorio. Non so perché devo parlare in modo tanto volgare, ma lei reagisce con un gemito tale che sembra stia per venire.

"Oh, la cosa ti eccita, eh, dottoressa?" Le massaggio l'ano e la sculaccio leggermente, il tutto mentre la scopo talmente forte che rischio di spingere il frigorifero dall'altra parte del muro. E le pareti di questa baita sono fatte di solidi tronchi.

"Vuoi che scopi questo buchino stretto?" Continuo con i leggeri schiaffi sul suo ano, usando un paio di polpastrelli.

"Oh mio… *Ddiooo*."

L'eccitazione si sprigiona nel mio corpo. I denti si allungano come se volessi darle il morso dell'accoppiamento. Meglio che venga in fretta, o le cose potrebbero andare per il verso sbagliato.

"Sei pronta a venire, dottoressa? Lo griderai, il mio nome, quando vieni?"

"Sì, Caleb, *sì*." Sbatto dentro di lei con colpi spietati, assicurandomi che senta ogni centimetro del mio membro, che impari cosa voglia dire prendere un grosso cazzo di mutante.

"Gridalo," le ordino, scopandola come se non ci fosse un domani.

"Caleb, Caleb, Caleb, omioddio, sì! Sì, Caleb!"

Spingo più a fondo e vengo mentre le sue pareti interne si stringono e irrigidiscono attorno alla mia verga. Il mio orso ringhia soddisfatto. O forse sono stato io. So solo che un'immensa soddisfazione mi scorre in tutto il corpo, riversando benessere in ogni parte del mio sistema, come un balsamo curativo. Le mie emozioni vengono placate, la mia mente si calma, giungendo a uno stato di quiete.

La vista si rischiara e mi rendo conto che la sto ancora tenendo bloccata contro il frigorifero, fremente e ansimante, i grossi seni che scivolano contro il mio petto a ogni respiro.

Lascio andare prima la gamba, ma non lo tiro fuori. Lo spostamento cambia l'angolazione dell'ingresso, acuendo la sensazione di essere ancora infilato a fondo dentro di lei. Poi, con riluttanza, lo sfilo. "Tutto bene?"

"Ah-ah." Si lecca le labbra. Le ginocchia cedono e la sento ridere con voce tremante. "Ma non penso di poter stare in piedi."

"Ti tengo su io, bellezza. Non ti lascio cadere." Le bacio la tempia. È un gesto di affetto, diverso dal sesso rude che abbiamo appena fatto. Sembra sbagliato. No, non è vero. Mi è sembrato completamente giusto. Ecco perché l'ho fatto.

Ma voglio pensare che sia sbagliato. Devo farlo sembrare sbagliato. Perché non sto corteggiando questa adorabile femmina con lo scopo di farla diventare la mia compagna. Sto semplicemente esternando un bisogno carnale, con lei. Niente di più.

Lei non vuole di più.

Io non voglio di più.

Fine della storia.

Si tiene stretta al mio braccio per un momento, poi Orso piagnucola vicino alla porta che dà sul retro, e lei mi spinge via delicatamente.

Mi piego a raccoglierle i pantaloni della tuta e glieli porgo. "Fame?"

Il suo sorriso illumina tutta la cucina. "Da morire."

~

Miranda

. . .

SANTE PALLE DI NEVE. Ora capisco l'espressione 'spasimi della passione'. È quando il tuo corpo ha la meglio sul tuo cervello e faresti qualsiasi cosa per provare piacere.

E io l'ho decisamente provato. Il mio uomo di montagna è una *bestia* pazzesca.

Tipo una specie di uomo-bestia, davvero. Come ho potuto mai pensare che il sesso non fosse divertente?

Oh, perché ho avuto i compagni più scialbi della storia della copulazione, ecco perché.

Mi tiro su i pantaloni della tuta di Caleb, vado alla porta e la apro per Orso, lanciando subito un grido quando la neve entra. Orso scodinzola contento, come se la neve fosse un amico che vuole giocare. È salita quasi fino alla sommità della porta, ma da lì filtrano una quindicina di centimetri di luce del sole, e i raggi mi abbagliano.

Orso non ha modo di uscire, quindi piscia sul primo gradino, dove la piccola tettoia ha impedito alla neve di cadere.

Caleb appare dietro di me e mi dà una pacca sul sedere. "Mi sa che ha smesso."

"Ehm, come facciamo a uscire?"

La sua risata è bassa e sexy. "Immagino che dovremo scavare un tunnel."

Oh. Wow. Sembra divertente mentre lo dice. Come se fosse un giochino. Subito prima di costruire dei pupazzi di neve e un igloo.

Chiudo la porta e butto a terra lo strofinaccio che ha usato ieri sera per asciugare la neve che si era sparpagliata sul pavimento.

Caleb sta già andando in cucina, dove si lava le mani e poi rompe delle uova in una ciotola.

Lo seguo, attirata dal suo corpo come fosse una calamita. "Che prepari?"

"Che ne dici di omelette al salmone?"

"Oh mio Dio, sul serio? Sembra una cosa da leccarsi i baffi."

Si gira e mi impietrisce con un'occhiata truce. "Meglio che non te li fai crescere."

Rido.

"Niente baffi sulle belle ragazze."

Il calore mi fiorisce nel petto. Anche sulle guance. Mi sa che sto arrossendo. Caleb sbuffa dicendo che la mia omelette è pronta.

Prendo il piatto che mi porge, che contiene un'alta pila delle migliori omelette che abbia mai visto. "Grazie. Sono così emozionata. Non ho mai mangiato omelette con il salmone."

Gli occhi di Caleb sorridono.

È la mia nuova cosa preferita.

Mi siedo a mangiare, mentre lui torna al fornello per cucinare una seconda serie di omelette. "Quindi il pesce ti piace davvero tanto. Avrei detto che un uomo come te fosse più tipo da carne rossa."

Caleb scrolla le spalle. "Mangio anche carne rossa. Ma il pesce mi piace, quindi lo mangio."

È una risposta molto diretta, da un uomo molto diretto. All'inizio l'avrò anche trovato burbero, ma almeno non fa mai strani giochetti. Le sue intenzioni sono sempre chiare. Mi piace questa cosa di lui.

Mi alzo e mi servo del caffè, godendomi il modo confortevole in cui si muove in cucina e permette anche a me di starci a mio agio. Come se fosse casa mia. O fossi comunque la benvenuta. Come se fossimo coinquilini... con dei benefici extra.

La cosa mi fa ridere, in effetti.

Inizio a canticchiare tra me e me, mentre verso due tazze di caffè e aggiungo latte e zucchero al mio. Ho notato che lui ha bevuto il suo senza niente, ieri.

Si siede con la sua omelette e mangiamo insieme in piacevole silenzio, una situazione completamente diversa dagli imbarazzati vuoti che c'erano ieri nella conversazione.

"Quindi pensi che oggi tornerò alla mia baita?"

Caleb sbuffa. "Ne dubito," dice con la bocca piena di cibo. "Dipende da quanto quel sole brillerà oggi. C'è un sacco di neve che deve sciogliersi, prima. Non penso che riusciremo a scavare fino a là." I suoi occhi sorridono e le labbra si curvano, facendomi volare le farfalle nel cuore.

Wow. Trentasei ore e mi sto innamorando.

No! Non mi posso innamorare. È solo sesso. E ricerca. E io odio gli uomini, comunque.

Solo che la diplomazia del sesso non significa nulla, in questa baita. Non c'è status, o atteggiamento, o tentativo di dare prova di valore. Lui insiste nel chiamarmi *dottoressa*, per l'amor del cielo. Chiaramente non è un uomo intimidito dalla mia laurea né dalla mia intelligenza.

Siamo solo due persone bloccate insieme in una baita.

Finiamo di mangiare e mi faccio una doccia, poi indosso i vestiti che avevo quando mi ha salvata. Quando esco, scopro che Caleb non stava scherzando. Ha già iniziato a scavare fuori dalla porta e ha creato un passaggio largo poco più di mezzo metro e lungo tre. Le pareti di neve sono più alte di me. Orso abbaia di gioia, correndo fuori nella neve e scodinzolando.

Rido, sentendomi allegra quanto lui. È come un nostro personale *Dottor Živago*. Un meraviglioso mondo delle meraviglie invernale. Caleb si muove con fluida grazia e apparente facilità, usando una pala per far volare la neve di un metro e mezzo buono dall'altra parte. Mi fermo a guardare il suo sedere muscoloso, fasciato dai jeans, ammirando la potenza sottesa ai suoi movimenti.

Dopo un minuto, gli tocco la schiena. "Vuoi che ti dia il cambio?"

Indossa un berretto di lana, ma per il resto non è completamente coperto. Suppongo che spalare la neve sia un lavoro pesante. La sua fronte si aggrotta in quella che sembra incredulità, e si acciglia. "Ah no, dottoressa. Non per mancare di rispetto, ma vado avanti io." C'è un pizzico di pomposo sessismo nelle sue parole, ma anziché offendermi mi riscaldano. Perché capisco che il suo pensiero è quanto poco cavalleresco sarebbe passarmi la pala.

E in questo caso sono contenta di lasciargli fare l'uomo. Soprattutto quando è così bello da guardare.

"Va bene, grazie. Dove sei diretto?"

Alza il mento. "Dovrei arrivare presto al mio vialetto, a meno che non stia sbagliando direzione." Alza lo sguardo verso gli alberi e poi riguarda la casa. "No, il vialetto dovrebbe essere lassù, fra tre o quattro metri."

"E poi?"

"Poi intendo sbucare fuori e vedere se il gatto delle nevi funziona. È un grosso mezzo, ma non penso di averlo mai usato per spazzare neve così profonda."

Oh, grazie a Dio. Ha un gatto delle nevi. Ovvio che ce l'ha. Ci sta con la sua condizione di uomo di montagna/operaio edile.

"E se non funziona?" Non so perché sto facendo così tante domande, ma sono davvero fuori dal mio elemento qui. Sono completamente alla mercè della conoscenza e dell'esperienza sue. Non posso andare da nessuna parte, a meno che non mi ci porti lui.

"Allora ti riporto nella baita e ti do qualche altre lezione per la tua ricerca."

Sento una stretta al sesso. "Che cosa hai in mente nello specifico?"

Smette di spalare e piega la testa di lato. "Bondage. Anale. Altre sculacciate."

È come se avesse acceso un fiammifero e l'avesse lanciato in una pozza di benzina. L'eccitazione esplode nel mio sesso, le fiamme mi lambiscono l'interno coscia, il buco del culo, i capezzoli.

"Magari un po' di sfida del limite."

"Che cos'è?" La mia voce vibra. Non ho paura, ma un tremore di nervi mi pervade.

"È quando ti porto vicina all'orgasmo ma non ti faccio venire."

"Sembra… orribile!" mi lamento.

"No. Quando alla fine vieni, è così bello che ti troverai a singhiozzare ai miei piedi."

Mi si stringe il sesso di nuovo e il mio volto avvampa. Dovrebbe suonare egoistico. Sta suggerendo che mi metta in ginocchio: sottomessa a lui. Ma il modo oggettivo in cui lo presenta mi fa credere che sia vero. Mi troverei *davvero* ai suoi piedi a implorare di averne ancora. E probabilmente adorerei ogni singolo minuto.

"N-non penso che tu abbia il consenso per questo." Mi sto agitando, mi sento confusa, ma quando le labbra di Caleb si curvano all'insù, le mie insicurezze svaniscono.

"Vedremo." Torna a spalare.

Prendo la neve dalle pareti accanto a me e formo una palla da lanciargli. Lo colpisce in pieno in mezzo alla schiena.

Non si gira. Non sono neanche sicura che se ne sia accorto. Smorzando una risatina, ne formo un'altra, e gliela lancio contro la nuca. Lo colpisco sul collo.

Sussulto, immaginando quanto debba essere orribile sentire la neve che ti entra dal colletto, ma lui alza solo una spalla. "Devi proprio avere voglia di quella sculacciata," dice con voce burbera, senza girarsi e interrompendo il lavoro.

Ora rido a voce alta. Preparo un'altra palla e gliela tiro di nuovo contro la testa. Lo manco, ma Orso la insegue e cerca di afferrarla con i denti, tornando indietro con fiocchi di neve che gli cadono dalla lingua penzolante.

"Andiamo, Orso, vediamo quanto ci vuole per far girare l'uomo di montagna," dico con voce scherzosa, formando un'altra palla di neve.

Caleb si volta, il volto divertito. "Tesoro, se lanci un'altra palla di neve, ti butto dentro a quel cumulo."

Corro, lanciandomi contro il suo corpo in un tentativo di bloccarlo nella neve. Il fatto che non sia preoccupata di fargli male né di spaventarlo, visto che si troverebbe a volargli addosso una donna dal corpo grandicello, è una dichiarazione di quanto lo trovi virile.

Il fatto che il mio peso totale, che lo colpisce dopo un volo di un metro, non lo faccia cadere a terra, è una dichiarazione di quanto sia realmente vigoroso.

Mi prende, una risata piena che gli esce dal petto mentre si stringe le mie gambe attorno alla vita e mi tiene a sé con forza. È meraviglioso sentirsi tenere così. Come se non pesassi niente. Come se non fossi troppo corpulenta, troppo pesante da sollevare. Come se anche lui si stesse godendo il contatto ravvicinato.

Orso salta ai piedi di Caleb, come se fosse un gioco a cui vuole partecipare anche lui.

"Ora te la becchi." I suoi occhi scuri sono fissi sulle mie labbra.

"Ah sì?" dico in un sussurro.

Il suo sorriso ha una traccia di malizia. "Decisamente." Inizia a tornare verso la baita, portandomi come se fossi leggera come un gattino. "Non saremmo comunque usciti da qui oggi. È che non volevo saltarti addosso subito."

Beh, è una cosa dolce.

"Grazie per averci provato."

"Non mi ringraziare, ancora. Non sai quale punizione ho in serbo per te."

Fremiti di eccitazione mi sfrecciano dentro. Sto facendo più sesso di una neo-sposa, qui, ed è come se tutto il mio corpo si stesse risvegliando. Mi sento sexy per la prima volta in vita mia. Voglio il sesso. Voglio imparare. Sono disposta ad aprirmi a un uomo.

E non mi fa paura.

Forse mi sento al sicuro perché è a breve termine. Questa piccola avventura è incapsulata nella durata di tempo che trascorrerò bloccata qui. E se andrà oltre, sarà solo per qualche giorno in più, finché sarò a Pecos. Dopo me ne tornerò ad Albuquerque e lui resterà qui. Fine della storia.

Non pensare a quella parte.

Caleb mi porta al suo letto e mi mette nel mezzo. Orso ci segue, stando alle calcagna di Caleb finché lui non gli dice con severità di uscire dalla stanza, e il mio cane immediatamente obbedisce.

"Spogliati," mi ordina con lo stesso tono usato con il mio cane. Si sfila giacca, maglietta e stivali, così ho una completa veduta del suo petto tatuato, degli addominali scolpiti e della V di muscoli che scende verso i jeans.

"Come scusa?" Ho il dovere di contestare la sua autoritarietà.

"Dieci secondi, tesoro. O ci saranno delle conseguenze."

Farfalle nella pancia. Ok, sembra eccitante.

"Che genere di conseguenze?"

Sorride. "Tipo le sculacciate."

Le farfalle esplodono in uno scroscio di scintille e l'eccitazione mi si propaga fino alle estremità. Prima ancora di prendere la decisione razionale di obbedirgli, mi sto levando di dosso i vestiti.

Caleb apre il cassetto del comò e tira fuori un lungo calzino verde.

Inarco un sopracciglio, coprendomi i seni – o almeno i capezzoli – con un avambraccio.

Mi salta sopra senza tante cerimonie – fa molto sul serio – e mi afferra i polsi. Un tirone e qualche rapido movimento, e mi ha legata alla testiera del letto con il calzino.

Chi avrebbe mai detto che i calzini avessero un utilizzo così creativo?

Tiro. Probabilmente potrei scivolare fuori, ma non voglio. Adoro come tutta la responsabilità di questo interludio sia sulle sue spalle. Come le altre volte: mi sta mostrando qualcosa. Non mi devo esibire, né competere, né fare nulla. Le mie insicurezze non saltano fuori né si insinuano dentro. Anzi, scivolano tutte via, perché lui mi fa sentire bella e desiderabile.

"Peccato," mormora Caleb.

"Peccato cosa?"

"Non vedevo l'ora di sculacciarti quel bel culo rigoglioso. Invece dovrò accontentarmi di scoparlo."

Sento contrarsi l'ano in risposta. "Ehm… aspetta. Non sono sicura che…"

"Tu non sei sicura, ma io sì." Usa una voce brusca e pratica, ma sono quasi certa che se non volessi davvero farlo, si fermerebbe in un batter d'occhio. Caleb è un gentiluomo di cuore. Ne sono sicura.

∿

Caleb

. . .

Sono un arrapato figlio di puttana. Non riesco a pensare ad altro che alle varietà di modi in cui voglio affondare in questa bellissima umana. È stesa a pancia in su, le braccia alte e legate, il che solleva e separa le sue grosse e deliziose tette. I setosi capelli rossi sono aperti a ventaglio attorno alla sua testa. La fica non è rasata, il che è meravigliosamente sexy per me, perché voglio essere io a radergliela. Ho questa fantasia di metterla nella vasca e toglierle ogni pelo che ha dal mento in giù.

Le voglio mostrare ogni posizione del libro dei giochi. Assicurarmi che la sua educazione con me sia il più accurata possibile, e che lei ne adori ogni istante.

E in questo momento significa che ho bisogno di lubrificante. Un sacco, perché non voglio che senta dolore quando prenderà il mio enorme cazzo di orso nel culo.

"Non ti muovere," le dico, il che la fa sbuffare, dato che comunque non potrebbe. "Torno subito."

Prendo dell'olio d'oliva dalla cucina e mi lavo le mani.

Quando torno, mi devo fermare sulla soglia e fare un respiro profondo per cacciare indietro il desiderio di darle un morso dell'accoppiamento.

Non è una mutante. E io non la farò mia.

Il mio orso si fa indietro, perché sì, è arrapato quanto me.

Il suo profumo di fragole e gelato alla vaniglia si mescola all'eccitazione femminea, riempiendo la stanza come il più dolce dei profumi.

"Allarga le ginocchia, tesoro." La mia voce esce due ottave più profonda del solito. Sono ancora sulla soglia perché voglio essere sicuro che l'orso sia sotto controllo, prima di toccarla.

Quando si prende il labbro inferiore tra quei graziosi denti bianchi e agita i piedi come ali di farfalla, quasi mi piego in avanti per l'improvvisa e intensa pulsazione all'uccello.

"Cazzo." Mi avvicino a grandi passi e mollo la bottiglia di olio d'oliva accanto a lei, in modo da poterle mettere entrambe le mani sotto alle cosce e banchettare nel mezzo.

Grida nel momento in cui la mia lingua le tocca il clitoride e si struscia contro la mia faccia, emettendo i suoni più graziosi che può, mentre la divoro. Mi prendo tutto il tempo, facendola diventare bella bagnata e gonfia, i suoi succhi naturali che gocciolano sulla mia lingua.

Quando sta blaterando con urgenza il mio nome, prendo finalmente fiato e apro la bottiglia di olio d'oliva.

"Ohhh, Caleb. Oh mio Dio. Non lo so…"

"Tu no, ma io sì," le dico. Mi faccio gocciolare un po' di olio sulle dita. "Il tuo lavoro è di rilassarti e prenderlo. Il mio è di assicurarmi che godi. Capito?" Strofino le dita oliate sul suo ano, lubrificandolo bene prima di applicare un po' di pressione. Il trucco è di aspettare un momento. C'è un'iniziale stretta, e poi l'anello di muscoli si rilassa. Aspetto che accada e premo dentro, massaggiando tutt'attorno per lubrificare l'interno.

Mentre ancora si sta abituando all'intrusione, riporto la bocca sulla sua fica, offrendole la più lasciva leccata che mi riesca.

La mia bella la adora.

Geme e si dimena, le cosce che mi si stringono ai lati della testa, i piedi che premono contro la mia vita come se stesse tentando di spingermi via, ma ogni volta che alzo la testa per prendere aria mi ritira a sé.

Aggiungo un secondo dito, lavorando per allargarle il buco posteriore, preparandola al mio cazzo.

Geme, un verso bisognoso e voglioso.

"Ti piace farti scopare il culo, vero?"

"Cristo, Caleb, sei così… così sconcio. *Omioddio*. Ho davvero una voglia matta che mi scopi."

Rido nel vedere quanta strada abbiamo fatto in così poco tempo.

Le strofino il clitoride con il pollice mentre le scopo il culo, sollevando la faccia per assaporare la scena. "Sei pronta per la tua scopata nel culo?"

"No. Sì. Non lo so. Forse. Ho paura."

"Oh, piccola, non devi avere paura." Tiro fuori le dita dal suo culo e slego il calzino che le tiene bloccati i polsi. "Rotola a pancia in giù e mettiti quel cuscino sotto al ventre." Alzo il mento indicando il cuscino che ha sotto alla testa.

Obbedisce immediatamente, il che mi dice che le sue paure non la stanno trattenendo dal rinunciare alla sua verginità anale. Verso altro olio d'oliva in mezzo alle sue natiche e gliele allargo. "Hai un culo perfetto," le dico. È vero. Sono decisamente un amante dei culi, e il suo è grande.

"Ho il culo grosso," dice nervosamente.

Le do uno schiaffo a una natica, e la manata rossa fiorisce sulla pelle. "Farai bene ad adorare questo culo." Le schiaffeggio l'altra natica.

"Altrimenti?" dice ridendo. "Lo sculacci? Non sono sicura che sia un modo per dimostrargli il tuo amore."

"Oh, sì che lo è." Rido anche io. Le assesto una raffica veloce di sculacciate, formando un piacevole rossore sulla sua pelle pallida. "È decisamente una dimostrazione di apprezzamento."

Stringe il sedere e si dimena, ridendo per tutto il tempo.

"Mettiti una mano in mezzo alle gambe," le dico.

"Cosa?"

Le do un forte colpo sul culo. "*Adesso*, dottoressa.

Quando ti do un ordine, mi aspetto che lo esegui." Il fresco odore di eccitazione mi riempie le narici, dicendomi che non ho esagerato. Apprezza la mia autorità.

Bene, perché io amo avere il controllo, poco ma sicuro. Non ho avuto il controllo di niente per tre anni, inclusa la mia stessa vita. Non avrei mai pensato che una cosa così semplice come mostrare a un genio sexy i benefici del sesso potesse essere una cura, ma devo ammettere che mi sento benissimo.

Alza i fianchi e infila la mano in mezzo alle gambe, piegando le dita nel suo sesso bagnato.

"Brava ragazza. Ora continua a lavorarti la fica, mentre io mi godo questo culo."

Emette un piccolo piagnucolio, ma vedo le sue dita al lavoro, intente a massaggiarsi il clitoride, a scivolare nel suo ingresso. Libero la mia erezione e do una ruvida tirata al mio uccello. Cielo, ce l'ho durissimo. Le allargo le natiche e metto il cazzo in linea con il suo buco del culo.

"Respira profondamente," le insegno, mentre applico una leggera pressione.

Lei fa un respiro profondissimo, come se stesse per andare sott'acqua.

Rido. "Espira, tesoro." Premo delicatamente in avanti, aspettando che i muscoli del suo sfintere si rilassino e mi permettano di entrare. "Prendimi, Miranda. Lavorati quella fica e fammi entrare."

Si rilassa di più e io scivolo dentro. Un centimetro. Un altro.

Miranda vocalizza: un lungo suono che inizia, si ferma e ricomincia. Stringo i denti per lo sforzo di trattenermi. Il sudore inizia ad affiorare all'attaccatura dei capelli, ma vado lentamente, sostenendo il peso con le braccia mentre la riempio e torno indietro.

C'è qualcosa di così dominante nel prenderle il culo. È

una sorta di appropriazione, anche se non ho alcun diritto di dichiarare domini di sorta. E non ho neanche il desiderio di farlo.

Ma è una bugia. L'idea di addestrare Miranda in modo che trovi un altro uomo e pretenda del buon sesso dovrebbe soddisfarmi, e invece no. Mi fa venire invece voglia di seguirla ad Albuquerque e strappare il cazzo a quest'uomo immaginario.

La scopo più velocemente, il mio fiato che esce ansimante.

I suoi vocalizzi si fanno più brevi, il tono si alza.

Il mio ventre sbatte contro il suo culo mentre affondo di più, e più forte. Miranda lavora con le dita in mezzo alle gambe, freneticamente.

Le mie palle si tendono, l'eccitazione si sprigiona dalla base della schiena. Vengo con un grido e un fremito.

Miranda grida e stringe l'ano attorno al mio uccello.

Ringhio per la strizzata. Alla fine si rilassa, i muscoli si riammorbidiscono e il suo respiro rallenta. Le bacio la spalla, prima di rendermi conto di quanto delicato sia il gesto.

Prima di ricordarmi che stavamo solo facendo sesso.

Ma è troppo tardi per riprendermelo indietro. Esco da lei e vado in bagno per pulirmi e portarle una spugna.

Basta baci. Basta coccole. Devo badare a me stesso. Il mio orso si sta comportando come se mi fossi trovato una nuova compagna, ma non è per niente il caso.

Non mi riaccoppierò mai più. Soprattutto non con un'umana.

CAPITOLO DIECI

Miranda

TRE GIORNI RINCHIUSA in una baita con un selvaggio uomo di montagna.

Tre giorni, un selvaggio uomo di montagna e il sesso più eccitante che si possa immaginare.

È una cosa che non avrei mai potuto prevedere per questo viaggio di ricerca. Ma ogni cosa buona ha una fine, e questo bizzarro capitolo – o 'a parte' – è terminato.

Dopo la mia educazione sessuale di ieri, abbiamo chiacchierato un po'. Ho tirato fuori il tablet e abbiamo guardato insieme *The Voice*. Abbiamo dormito di nuovo in stanze separate.

Non riesco a capire come mettere in ordine i miei pensieri o sentimenti, mentre partiamo. È come se stessi vivendo un'esperienza extracorporea, osservando ciò che succede senza contesto o riferimenti.

Mentre torniamo indietro, cerco di fare finta di non essere una donna diversa, come se lui non avesse sconvolto il mio mondo con del folle e rude sesso e non mi avesse fatto innamorare di un'anima ferita ma gentile nascosta dietro a un aspetto burbero.

"Beh, grazie," mormoro, quando il pickup accosta dietro alla mia Subaru, che è completamente ricoperta di neve. "Per tutto quanto."

Caleb spegne il motore e apre la sua portiera, come se avesse intenzione di venire con me.

Ok, non me l'aspettavo, ma non abbiamo realmente definito ciò che succederà adesso.

Orso passa di corsa accanto a Caleb, saltando fuori dall'auto e iniziano ad annusare in giro. Anche Caleb alza il naso in aria e annusa, gli occhi che scrutano il perimetro della baita.

"Che c'è?"

"Mi sto solo accertando che nessuno sia stato da queste parti."

Resto a bocca aperta per la sorpresa, ma guardo anche io. Non ci sono impronte nella neve: tutto appare intonso.

"Per le donne scomparse, dici?"

Annuisce rapidamente. Ha gli occhi attenti, la bocca tesa. Questo è l'uomo che avevo incontrato all'inizio. Quello che non sorride. Serio. Taciturno.

Mi chiedo se pensi che ci siano dei collegamenti tra le donne scomparse e la morte di sua moglie. Di certo no.

"Non mi piace che tu stia qui da sola." In qualche modo l'opinione sembra molto differente espressa da lui, rispetto all'effetto che mi aveva fatto il tizio del negozio. Una preoccupazione molto più personale, per me, che mi riempie il petto come calore liquido.

"Grazie, ma staremo bene." Guardo Orso.

"Non penso che ci sia una linea fissa in quella baita."

"No." Avevo notato che neanche lui ce l'ha. Immagino gli piaccia stare permanentemente disconnesso.

"Se qualcuno si facesse vedere quassù, per qualsiasi motivo, voglio che monti in macchina e vieni da me. Intesi?"

Sulla punta della lingua ho pronta una risposta a tono, ma Caleb ha un aspetto scontroso, quindi mi limito ad annuire. "Ok, grazie."

La sua bocca si tende ancora di più, le rughe sulla fronte si fanno più profonde.

Non so come mi ero figurata il nostro addio: un abbraccio, una stretta di mano. Una discussione sul motivo per cui non ci scambieremo i numeri di telefono per successivi contatti. Ma non va così.

Caleb torna a grandi passi al suo furgone, del tutto ritrasformato nel burbero uomo di montagna. Monta a bordo e accende il motore, sempre controllando la baita di ricerca con la fronte aggrottata.

E fine.

Se ne va.

Niente abbraccio, o bacio, o stretta di mano. Niente *Grazie per i ricordi*. Neanche un *Piacere di averti conosciuta*.

Mentre si allontana con la sua auto, mi rendo conto che avrei dovuto fermarlo: per ringraziarlo di avermi salvato la vita. E per avermi fatto cambiare idea sul sesso. Mi viene addirittura in mente di correre dietro al furgoncino e fargli segno di fermarsi.

Ma non lo faccio.

Non mi muovo.

I miei scarponi restano ancorati alla neve, e non faccio che guardare il pickup che si allontana, in qualche modo permaloso come il suo proprietario.

Beh, dannazione.

Non mi aspettavo di sentire un tale senso di perdita.

Quando il furgone scompare in fondo alla strada, è come se si fosse portato via un mio organo vitale. Qualcosa che prima stava nel centro del mio petto. Il vuoto che lascia sembra quasi fatale.

Non essere così drammatica: è stato solo sesso.

È stato: *solo. Sesso.*

Le lacrime mi pizzicano gli occhi. Non volevo niente di più. Non volevo neanche il sesso. Ma ora che l'ho provato nello stile di Caleb – ora che ho provato *Caleb* – la mia esistenza solitaria con Orso mi sembra una nullità.

Cosa faccio adesso? Mi faccio il culo per dare prova di me davanti a un gruppo di uomini che non mi vedranno mai come una loro pari perché ho un paio di tette? E saranno mai sufficienti i miei sforzi? Riceverò mai il riconoscimento che desidero? O c'è qualcosa di più nella vita?

Mi guardo attorno, osservando la neve che luccica sui pini, o ai miei piedi. L'aria è fresca e frizzante. L'odore della foresta crea in me un cambiamento psicologico. Il mio respiro rallenta. I muscoli si rilassano. La consapevolezza si espande oltre la minuscola sfera del mio corpo. Questa foresta, questa montagna, questa bellissima natura è il significato che soggiace a tutto il mio lavoro.

A volte me ne dimentico. La ricerca sul cambiamento climatico è fatta per fornire un'analisi scientifica ai bastian contrari. Lavorare a livello del terreno per creare una maggiore consapevolezza riguardo alla situazione. Non si tratta del desiderio di mantenere una posizione di ruolo nell'università. Non si tratta di quale nome vada messo per primo su un foglio di ricerca, anche se *si tratta* di assicurarsi che la ricerca venga pubblicata.

Ma è anche una questione di equilibrio. Prendersi il tempo di respirare e godersi l'incredibile natura che ancora abbiamo su questo bellissimo pianeta.

E perché questo mi fa venire voglia di avere qualcuno con cui godermela? Qualcuno di umano. E maschio. E diabolicamente sexy, con i suoi jeans e i tatuaggi.

Caleb.

Sospiro.

In un certo senso odio il modo in cui le cose sono andate a finire.

Magari tornerò alla sua baita per ringraziarlo come si deve, prima di scendere dalla montagna.

Sì. Il solo pensiero mi tira su il morale. Magari gli preparo dei biscotti come forma di ringraziamento. O dei muffin ai mirtilli.

Orso mi supera al galoppo, scodinzolando.

Preparo una palla di neve e gliela lancio. Lui corre a prenderla, ma ovviamente la palla si sbriciola nella sua bocca. Rido, ignorando il vago desiderio che Caleb sia qui a fare una battaglia a palle di neve con me.

Ho la foresta. Ho Orso.

E preparerò dei muffin ai mirtilli per Caleb. E poi dovrò pensare a come riempire il nuovo vuoto che ha creato nella mia vita.

Ma ce la posso fare. Sono brava a offrire dei grattacapi al mio cervello. Un problema da risolvere, mentre raccolgo il resto dei miei campioni.

Entro in casa e mi cambio. E poi non c'è altro da fare che tornare fuori e finire la raccolta di campioni di tronco per lo studio degli anelli.

∾

SOGGETTO DA LABORATORIO 849

FEMMINA UMANA.

È tornata. L'ho vista passare sul pickup dell'orso. Ho visto poi lui andarsene da solo.

Questo significa che lei è sola. Da sola con il canide.

Avrei dovuto ammazzare quel cane quando ha sentito il mio odore nel bosco. Non rifarò un tale errore.

Oggi la andrò a prendere. Magari sarà anche incinta dell'orso.

Questo mi fornirebbe opportunità immense per la ricerca.

Un miscuglio genetico mutante-umano. Dovrei convincere l'orso a offrirsi per degli studi sull'accoppiamento, come avevano fatto con quei leoni.

No, troppo pericoloso.

L'orso potrebbe arrestare la mia ricerca, come ha fatto il leone.

Come ha fatto il leone quando ha fatto scappare tutti.

Quando ha lasciato scappare me.

Mi ha lasciato scappare e soffrire.

Bisognerebbe fermare quel leone. Come si chiamava? Nash. Il leone Nash.

Lui è un leone, come io avrei dovuto essere un orso.

Ma qualcosa è andato storto.

Terribilmente storto.

E ora non sono niente. Non umano. Non orso.

La ricerca deve continuare. Devo trovare la cura.

∾

Caleb

SE CI FOSSE una pillola per riscivolare nel letargo – vero letargo da orso, non solo quello ridotto da mutante – la prenderei subito.

Per dimenticare tutto quello che è successo nelle ultime cinquantasei ore dormendoci sopra.

No, non è vero.

Il mio corpo sta benissimo. L'orso sta benissimo. Attento. Vivo. Pronto a spassarsela. È solo la parte umana di me che vuole ristrisciare nella tana e mettere sotto la testa.

Ed è per la pesantezza del vuoto che ho nello stomaco per aver lasciato Miranda in quella baita. Il senso di colpa perché non avrei voluto lasciarla da sola e il crescente senso di protezione che mi fa pensare a quanto poco sia al sicuro lassù tutta sola.

Se riuscissi a districare e decifrare questo groviglio emotivo, direi che è in parte formato dal senso di colpa per avere tradito la memoria di Jen, e in parte dalla sofferenza per avere perso la bizzarra scienziata che mi ha temerariamente ceduto l'utilizzo del suo corpo e poi se n'è andata. Ed entrambe le parti sono in pensiero per la sua sicurezza.

Sono tornato a dove ho iniziato quando l'ho vista salire quassù in macchina. Assicurarmi che nessun'altra femmina sparisca dai miei boschi. Soprattutto non lei.

Farei a pezzi questa fottuta foresta se le succedesse qualcosa.

Non mi riprenderei mai.

Il sapore metallico della paura mi riempie la bocca.

Non è reale. La minaccia non è reale. Stai reagendo in maniera esagerata, per ciò che è successo a Jen e Gretchen.

Ma la minaccia è reale.

Tre donne umane scomparse. I corpi non ancora rinvenuti.

Un ringhio riempie il mio pickup e la mia vista si fa più acuta, come se stessi per tramutarmi.

Beh, forse una corsa sotto forma di orso mi aiuterà a calmarmi un po'.

Potrei dare un'annusata in giro e assicurarmi che non ci sia niente di malvagio in agguato nei paraggi. Pattugliare l'area dove Miranda si metterà a lavorare. Potrei farle facilmente la guardia sotto forma di orso. La mia pelliccia è calda e l'energia abbondante, ora che sono completamente sveglio.

Parcheggio il pickup alla baita ed entro per levarmi i vestiti. La pelle freme, la carne diventa bollente nell'attesa della mutazione. Il mio orso non vede l'ora di andare.

E allora vai. Andiamo.

Anche io non vedo l'ora.

Devo tornare da Miranda. Andarle vicino per sentire il suo odore. Sapere che è al sicuro. Esco sulla veranda con i piedi scalzi e mi chiudo la porta alle spalle. In un lampo sono a quattro zampe e corro in mezzo agli alberi. Risalgo il crinale della montagna e faccio il giro del fiume.

Devo trovare Miranda.

Trovo l'area dove mi ha detto che stava raccogliendo dei campioni. Riconosco le sue impronte e il suo odore, insieme a quello del cane.

E poi colgo un odore che mi fa scorrere dentro una scossa, come se mi avessero colpito con un pungolo per il bestiame.

Malvagio.

L'odore del male. Un innaturale muschio animale. Strano e in qualche modo sbagliato.

Esattamente lo stesso odore che avevo sentito attorno ai corpi di Jen e Gretchen.

Cazzo, cazzo, cazzo!

Sono tre anni che cerco questo odore, ma ora che l'ho trovato, sono paralizzato dalla paura. Perché è vicino a Miranda. Corro in mezzo agli alberi a velocità supersonica. Gli orsi possono correre più veloci di un cavallo da corsa sulla breve distanza, e probabilmente sto andando a settanta chilometri all'ora.

Mi fermo in scivolata quando sento l'odore di Miranda, ma non quello malvagio.

Quale dei due seguo? Correre verso Miranda sotto forma di orso alto quasi tre metri la spaventerebbe a morte. Ma almeno saprei che è al sicuro. D'altro canto, se riesco a trovare l'origine dell'odore malvagio, lo posso fermare per sempre. Non dovrò più fare il guardiano per tutte le femmine che passano per questi boschi.

Mi giro e torno sui miei passi, alla ricerca dell'odore.

Ecco.

Eccolo qua.

Giù, verso il fiume.

Cazzo. Sta nascondendo il suo odore nell'acqua. Forse è in questo modo che mi è sfuggito per tutto questo tempo.

In alto sento il cane abbaiare. Le mie orecchie si alzano in quella direzione, in ascolto del tono acuto del guaito.

Merda, è spaventato. Corro verso il suono, restando vicino al fiume e zigzagando tra gli alberi.

Miranda grida qualcosa.

Il cane guaisce: un verso di dolore.

"Orso! Orso, no! Oh mio Dio!"

Vedo due cose contemporaneamente: il corpo scuro di un animale che viene scagliato verso il fiume, e la sagoma in corsa di Miranda che sfreccia lungo la riva, nella mia direzione.

"Orso!" Lo stridio della paura nella sua voce mi inquieta.

Il fiume sta scorrendo rapido sotto la superficie ghiacciata e il povero animale mi passa accanto prima che possa decidere chi c'è bisogno di salvare.

Ringhio e corro giù dal ripido argine del fiume.

Miranda strilla ancora.

Mi fermo a guardarmi alle spalle solo per rendermi conto che sta gridando a causa mia. Pensa che stia dando la caccia al suo cane.

Cazzo. Altri secondo perduti. Corro verso riva, fino a

superare il cane, poi mi tuffo nell'acqua, impedendo al corpo del pastore di proseguire oltre.

Non è facile, ma riesco a fare presa sulle rocce scivolose e mi alzo, raccogliendo tra le zampe anteriori il cane che cade e rilanciandolo subito a riva.

Il salvataggio arriva troppo tardi, però, perché Miranda sta già tagliano verso riva, dove perde l'equilibrio. Finisce dritta in mezzo all'acqua, con un forte grido.

Cazzo, cazzo, cazzo.

No.

Questa femmina è determinata a volermi morire davanti agli occhi.

Ruggisco, il mio verso che riecheggia lungo i versanti, facendo scuotere l'intera dannata foresta.

Miranda riemerge per respirare, arrancando in acqua per aggrapparsi a un tronco caduto, prima di essere spazzata via dalla corrente.

Lotto contro la forza dell'acqua per nuotare controcorrente e andare a salvarla. L'acqua mi arriva alla vita, congelandomi la parte inferiore del corpo.

"Miranda!" Almeno tento di grida il suo nome. Ovviamente non esce una parola, ma un altro orribile ruggito da orso.

Un grido da parte di Miranda squarcia l'aria una seconda volta, mentre lei si tiene stretta al tronco, le labbra blu, gli occhi sgranati per il terrore di vedermi arrivare.

∿

Miranda

Attacco di orso. *Attacco di orso!* Questo orso è completamente fuori di testa e sta venendo verso di me.

Penso a tutte le cose che bisognerebbe fare quando ci si imbatte in un orso. Nessuna applicabile alla situazione. Nessuno ha detto cosa fare se ti trovi in mezzo a un fiume gelato, in pieno inverno, e un orso pazzo che non è andato in letargo pensa che tu sia un salmone.

Quando mi raggiunge, sono in iperventilazione. Cerco di fare finta di essere morta e non posso proteggermi la testa o il collo, perché mi devo tenere stretta al tronco, altrimenti la corrente mi spazzerà via. Riesco a starci aggrappata a malapena. Perdo la presa proprio nel momento in cui la bestia arriva.

Forse è una benedizione, forse verrò portata oltre dalla corrente. Ovviamente questo significa probabilmente che morirò congelata nell'acqua.

L'orso si china in avanti e mi afferra, formando un agile arco. Come se avesse appena acchiappato la cena dalla corrente. Ma i suoi artigli non mi dilaniano. Né lo vedo digrignare i denti o ruggire. Giuro su Dio che mi prende in braccio come fossi un bambino ed esce dall'acqua. È una presa così umana che mi lascia del tutto a bocca aperta.

Ho il cuore che batte a un chilometro al minuto e sono troppo esterrefatta per fare qualsiasi cosa, in un primo momento. Non so se avere paura o festeggiare. Un orso mi ha salvata dall'acqua.

Ma mi ha salvata per che cosa?

È stato davvero un salvataggio, o sono una sua preda? Riprendo il controllo della mia mente e cerco di divincolarmi dalle zampe dell'orso, che però stringe la presa, sbuffa e volta i suoi occhi d'ambra su di me.

Resto immobile. Il suo naso nero è a pochi centimetri dal mio. Il suo fiato è caldo contro la mia guancia.

Non so se sto respirando o no. Provo a imporra a me stessa di diventare invisibile.

Ma poi dimentico le paure per la mia personale sicurezza. "Orso!" Scorgo il mio cane che corre verso di noi, la coda in mezzo alle gambe, il corpo che trema per il freddo e l'umido. "Oh, cucciolotto mio. Stai bene? Grazie a Dio stai bene."

E poi mi viene in mente di colpo, come una mazzata in testa. L'orso – il vero orso, non il mio cane – ha salvato Orso. Ha salvato Orso e poi ha salvato me.

Quest'orso non è pazzo. È altamente intelligente. E sta avanzando piuttosto velocemente su due zampe.

Resto immobile, meravigliata da ciò che sta accadendo. Questo incredibile ed enorme orso bruno ha scelto di salvare un'umana e un cane da morte certa. Mi sento come la testimone di uno di quei rari eventi naturali, tipo quando gli elefanti vengono filmati mentre raccolgono la spazzatura con le proboscidi.

L'orso avanza goffamente, senza mettermi giù. Il mio cane ci segue, mantenendo un'ampia distanza ed evitando di sfidare la bestia.

Brividi di eccitazione mi pervadono. Anche di paura, ma sono troppo affascinata da quest'orso. Da questo miracolo. Mi sento davvero come se fosse un segno. Per la mia vita, per il mio futuro. Sono una scienziata, ma sembra quasi che Madre Natura mi stia benedicendo, perché ho rinnovato il mio impegno di salvare la Terra.

E poi le cose diventano ancora più strane.

Perché mi rendo conto che l'orso sta avanzando dritto verso la mia baita di ricerca.

Ma. Che. Cazzo?

Mi scarica in piedi proprio davanti alla porta e mi spinge verso l'ingresso, il suo fiato caldo sul mio collo. I brividi mi scorrono su e giù lungo la schiena.

"Non ti spaventare."

Grido. Mi piscio quasi addosso.

Ruoto su me stessa e mi trovo davanti Caleb, la mano sul pomello della porta. *Ed è completamente… nudo.*

Spinge la porta e mi fa entrare. Orso si tuffa dentro. "Non ti spaventare, Miranda."

"Sono spaventata," dico con voce roca. "Sono decisamente spaventata."

Dov'è finito l'orso? Sto avendo le allucinazioni? Le visioni sono un effetto dell'ipotermia?

"Devi piantarla di tentare di morirmi sotto al naso," mormora.

"Do-dov'è l'orso? Hai visto un orso?"

"Sì. Sono io l'orso. Sono un mutante. Ok? Lascia che ti infili nella doccia. Dimmi che hanno acqua calda in questo posto." Mi spinge verso il bagno. Ho già detto che è completamente nudo? E ha l'uccello in completa erezione.

"Ehm. Sì, ce l'hanno. Co-cos'è un mutante?"

È tutto indaffarato a tirare la tenda della doccia e ad aprire l'acqua, facendola uscire completamente calda. Io mi affaccendo per uscire dagli scarponi e dai calzini fradici.

"Tipo un lupo mannaro. Solo che orso. Cane, vieni qui."

"Si chiama Orso…" Mi interrompo a metà frase quando mi rendo conto di quanto debba sembrare ridicolo per Caleb. *Che a quanto pare è un orso.* Inizio a ridere.

Il salmone e la trota. I mirtilli. Il miele. Andare in letargo in inverno.

Caleb è un orso!

No, non può essere. Sto avendo le allucinazioni.

Il mio cane gli obbedisce, e adesso capisco perché. Già, mi sa che un orso è di rango superiore a un cane nell'ordine naturale. Rido ancora un po'. Rido così tanto che non riesco a levarmi i pantaloni. Oh, può anche essere perché ho le mani che tremano un sacco e le dita sono ancora intorpidite. E sto delirando.

Dev'essere proprio ipotermia, perché ho pensato che Caleb fosse un *orso*. Un enorme orso bruno che mi ha raccolto dal fiume Pecos.

Caleb spinge Orso sotto allo spruzzo dell'acqua, poi si gira per aiutarmi a uscire dai miei vestiti bagnati.

"Pensavo che fossi un orso," dico ridendo. "Quando mi hai salvato."

Caleb si acciglia. "Stai perdendo la testa, dottoressa. Ti ho detto di non dare di matto."

Smetto di ridere e lo guardo sbattendo le palpebre. "Sta succedendo davvero? Sei un orso?"

Corruccia le labbra, ma annuisce.

"Quindi quando c'è la luna piena…" Inarco le sopracciglia mentre gli parlo.

"No, quella roba della luna piena è una stronzata. Ci tramutiamo quando vogliamo. E non diamo la caccia agli umani quando siamo sotto forma animale. Né mai, in generale."

Resto a guardarlo scioccata, ma le mie mani si allungano a toccare il suo petto scolpito. Come a voler verificare che sia ancora un uomo, al tatto. Gli sfioro i muscoli sodi con le dita. I tatuaggi. Mi prende la nuca con una grossa mano.

"Un orso?" sussurro, ancora incredula anche se l'ho visto con i miei stessi occhi.

La sua espressione è ancora tesa, lo sguardo accigliato. "Hai paura?"

Scuoto la testa, i capelli bagnati che lanciano in giro goccioline ghiacciate. "Ipnotizzata," mormoro. Un brivido più intenso mi attraversa il corpo, quindi lui mi lascia e mi spinge sotto al getto d'acqua calda. Annaspo quando sento l'acqua bollente sulla mia pelle ghiacciata.

"Fuori, cane." Fa schioccare le dita e Orso scivola fuori a testa bassa, del tutto sottomesso. Caleb lo strofina con un asciugamano.

"Non dovresti entrare anche tu?"

All'inizio non risponde. È ancora impegnato ad asciugare Orso. Lo osservo dall'apertura nella tenda della doccia. Vedendolo strofinare Orso a lungo e con estrema cura, mi si scioglie il cuore.

"Se vengo là dentro, ti beccherai una scopata bella tosta," dice dopo un momento con voce rombante.

"Sì, ehm, diciamo che ho notato il tuo, ehm…"

Apre di colpo la tenda della doccia ed entra. Già, ha l'uccello ancora dritto e puntato verso il cielo. Grosso, venoso e bellissimo.

Non penso. Semplicemente mi inginocchio e lo prendo.

Caleb inspira di scatto e appoggia la testa alla parete rivestita di piastrelle. "Ti piace fare pompini?" La sua voce è così densa che devo sforzarmi per decifrare le parole.

Metto le labbra attorno alla cappella del suo sesso e ci faccio roteare la lingua sotto. "Di solito no," dico quando stacco la bocca. "Ma non capita tutti i giorni che un uomo-orso salvi il mio cane e mi tiri fuori da un fiume ghiacciato prima che muoia assiderata." Avvolgo di nuovo le labbra e stavolta lo prendo più a fondo.

È vero, non mi è mai piaciuto fare pompini. L'ho sempre trovato un po' schifoso, ma in questo momento è eccitante da morire, e sono prontissima a farne uno a quest'uomo, che ha fatto così tanto per me. Lo prendo sempre più a fondo, giocando nel vedere quanto in fondo posso andare prima che arrivi a toccarmi la gola.

Dio, mi sa che con gli ex compagni e le relazioni passate ero troppo impegnata a tirare su muri e difese per evitare di restare ferita, e non sono mai stata capace di dare. Con Caleb non ci sono aspettative. Da nessuna delle due parti. È come se potessimo semplicemente *essere*. Aprirci e ricevere e dare senza preoccuparci di cosa accadrà dopo.

E *porca puttana, è un orso!* Ancora non sono riuscita a elaborare la cosa. Un milione di domande mi ronzano nella testa, ma in questo momento l'unica cosa che conta è dargli piacere. Perché sapere che posso farlo venire mi eccita da morire.

Vado più lenta che posso, cercando di rilassare il mio riflesso al conato, quando lo prendo troppo in fondo. Lo sento emettere un lunghissimo gemito che riecheggia tra le pareti della doccia.

Gli prendo le palle con una mano e gliele massaggio, stringendo la base del suo sesso con l'altra. Ho già la mascella che mi fa male per la posizione così aperta, ma non intendo fermarmi fino a che non sarà venuto. Devo mostrargli del tutto il mio apprezzamento, e questo è un modo che funziona, lo so.

Tutto il freddo svanisce dal mio corpo. Il calore si propaga sulla mia pelle per mezzo dell'acqua calda, e si sprigiona anche dal mio sesso sciolto.

"Bellissima," mormora Caleb. "Fottutamente bella." Afferra la mia nuca e mi spinge ad andare più veloce.

Il mio problema di autocontrollo riemerge un secondo – come una sorta di necessità di opporsi all'autorità – ma poi lo guardo e vedo il bisogno ferino sul suo volto. Come se stesse soffrendo di lussuria. Come se potesse morire se non succhiassi più forte. Più veloce.

Quindi eseguo. Le mie anche dondolano, il mio sesso si stringe attorno al nulla. Ci metto tutta me stessa, e anche di più. Succhio, vado su e giù con la bocca, chiudo gli occhi e mi sottometto al momento. È un'estasi. L'estasi del dare, senza neanche ricevere.

Lo adoro. Adoro ogni singolo secondo. E quando Caleb ruggisce – un ruggito da padrone della foresta, che fa scuotere l'intera baita – rabbrividisco di puro piacere per averlo fatto venire.

Mi viene in bocca: un caldo flusso di salata essenza. Vorrei poter dire che sono così rilassata da mandarlo giù, ma sono invece un po' scioccata, e mi stacco con un leggero conato.

Caleb ride. "Sputa, tesoro."

Sputo sul piatto della doccia e l'acqua lava via tutto. Rido, asciugandomi la bocca con il dorso della mano. "Scusa. È stato molto poco carino."

Mi fa alzare in piedi e mi stampa un bacio sulla bocca. "Stai scherzando?" dice annaspando, quando interrompe il bacio. "È stata una figata pazzesca." Mi bacia di nuovo.

Mi sciolgo.

Oh Dio. Molto male. Mi stavo perdutamente innamorando di quest'uomo, prima di scoprire che fosse un orso.

E ora la mia attrazione nei suoi confronti è salita alle stelle.

～

Caleb

LEI SA.

Non c'era modo per evitarlo. Dovevo assicurarmi che entrasse e si scaldasse, prima che l'ipotermia avesse la meglio. Un'altra volta.

"Senti." Usciamo dalla doccia, e le porgo un asciugamano. "Gli umani non dovrebbero sapere dei mutanti."

Lei volge i suoi grandi occhi verso di me. Si capisce che è eccitata al riguardo, cosa che capisco. È una scienziata.

Un'ambientalista. Cavolo, era emozionata di vedermi quando pensava che fossi un normale orso. Scommetto che il suo intelligente cervello amante della natura sta diventando matto.

"Porterò il tuo segreto nella tomba," dice in un sussurro, e con tono così riverente che devo trattenere un sorriso.

"Devi farlo. Non mi sarei mai rivelato a te, se non ne fosse andato della tua vita."

Il modo in cui mi sta fissando mi turba. C'è così tanto affetto e c'è così tanta gratitudine in quello sguardo…

E venirle in bocca mi ha fatto anche rilassare. Il mio orso è agitato per averla quasi persa. L'aggressività mi si riversa ancora dentro. Me ne devo andare da qui, prima di sbatterla contro la parete del bagno e prenderle la fica, con forza stavolta, quindi mi avvolgo un asciugamano attorno ai fianchi e getto altra legna nella stufa. Il cane è già accoccolato davanti, un molle mucchietto di pelo che si sta scaldando.

"Vai in camera," le ordino. Le lancio un'occhiata d'acciaio, aspettandomi di sentirla controbattere, come fa di solito, ma si limita a sorridermi, arrossendo. Come se mi fossi appena smascherato.

Cosa che penso di aver fatto.

Non posso fingere di non avere quasi perso la testa quando l'ho vista finire in quel fiume.

Santo cielo, pensavo che sarebbe davvero morta.

La seguo. Alla faccia di mantenere le distanze tra noi. Sta per avere la scopata della sua vita.

Ruota su se stessa e lascia cadere l'asciugamano, come se mi stesse aspettando. I suoi occhi luccicano, le guance sono arrossate.

Avanzo verso di lei, tutta la furia per averla quasi persa che affiora ora in superficie. Deve rendersene conto, perché fa un passo indietro. Ma lo vuole comunque. I capezzoli sono tanto duri che potrebbero incidere il vetro, e la sua eccitazione è evidente dal momento in cui siamo entrati nella baita e ha notato il mio interesse estremamente penoso.

"Piantala. Di. Cercare. Di. Morire," ringhio, facendola arretrare fino a che non arriva al letto e non ci cade sopra. "Non voglio salvarti il culo dai temporali, o dai fiumi, o dagli incendi, o dagli schianti in auto, o da nessun'altra situazione di pericolo. È chiaro?"

Le sue mani si posano sul mio petto, le labbra tese in un sorriso.

"Non dovresti sorridere." Guardo torvo il suo volto adorabile, coprendo il suo corpo con il mio. L'asciugamano si allenta attorno ai miei fianchi e cade giù. Strappo il pezzo di stoffa tra noi e infilo il mio membro nello spazio in mezzo alle sue gambe.

"Cosa succede adesso?" Sembra senza fiato. Le sue pupille si dilatano.

"Ti scopo di brutto." Le metto una mano attorno alla gola. È un gesto minaccioso, ma non stringo le dita. Lei dondola le anche, facendo scivolare la sua fessura fradicia sul mio cazzo.

Le lascio andare la gola e do uno schiaffo a uno dei grossi seni, facendolo rimbalzare verso il centro e tornare indietro.

Sgrana gli occhi per lo shock, le labbra di ciliegia che si schiudono.

"Verrai punita."

Emette un sommesso gemito, muovendo ancora i fianchi. Schiaffeggio lo stesso seno.

"Prima ti schiaffeggerò i seni. Poi farò lo stesso con il tuo culo. E poi ti scopo fino a domani. Chiaro?"

"Ok," dice sottovoce.

"Sì?" La mia espressione è ancora severa, ma caccio indietro un sorriso per la sua completa resa. So che non è per paura. L'odore della sua eccitazione permea la stanza.

Schiaffeggio l'altro seno. "Sì. Rotola a pancia in giù." Mi piego verso destra in modo che possa girarsi senza intrecciare le gambe con le mie. Quando è a pancia in giù, le tiro su le anche, facendole appoggiare le ginocchia sul letto. Poi le metto una mano sulla nuca e spingo giù il busto.

Il rumore del primo schiaffo e il suo netto sussulto riecheggiano insieme nella stanza. La colpisco ancora nello stesso punto, poi le assesto due altri sculaccioni sull'altra natica. Il rosso delle mie manate fiorisce sulla sua pelle pallida.

Il desiderio sfreccia dentro di me, facendomi quasi abbassare i denti in un morso dell'accoppiamento. E invece le stringo i fianchi e scivolo dentro senza tanti preamboli.

Miranda lancia un gridolino. Geme. Fa le fusa. Scivolo dentro e fuori lentamente per un paio di volte, per assicurarmi che sia ben lubrificata, poi ci do dentro di brutto. Ho bisogno di scoparla veloce e con forza, devo liberare quest'aggressività che ho dentro, elaborare le mie paure nei suoi confronti per farle uscire dal mio sistema. Le mie dita si piantano nei suoi fianchi, e mi dimentico del tutto di come si fa il buon amante. Non c'è niente di generoso o delicato in questo. È una pura e cruda scopata animale. Glielo pianto dentro, sbattendo con forza con l'inguine contro il suo culo, toccandole il clitoride con le palle a ogni spinta.

I piccoli sbuffi e gemiti che emette mi fanno diventare ancora più rude e selvaggio. Scopo e scopo fino a che non è del tutto scombinata, fino a che non sta gridando il mio nome con estrema necessità.

"Piantala. Di. Cercare. Di. Morire," ringhio, poi

sbatto con tanta forza che le sue ginocchia scivolano da sotto il corpo e tutti e due cadiamo in avanti. La sua fica si stringe sul mio cazzo mentre mi infilo più a fondo e vengo, i miei occhi che ruotano indietro, i denti che si fanno aguzzi.

Mi tiro indietro per evitare che i denti le affondino nel collo per un morso dell'accoppiamento e la infilzo invece con un'altra forte spinta.

Viene anche lei, strizzando e rilasciando il mio uccello in piccole esplosioni sensuali che vanno avanti per un po'.

Quando finalmente la vista si rischiara un poco e i denti tornano alle dimensioni normali, le cado sopra, il cazzo ancora infilato in lei, e le strofino il naso contro il collo.

"Oh mio Dio, Caleb."

Le infilo una mano sotto ai fianchi e le strofino il clitoride. E viene di nuovo, soffocando un singhiozzo.

～

Miranda

CALEB VIENE due volte e ha l'uccello ancora duro. Mi fa rotolare sul fianco e mi stringe i seni, la sua verga che mi riempie. I nostri respiri ansimanti procedono in sincronia mentre lui giocherella con i miei capezzoli, stringendoli e tirandoli, dondolando lentamente dentro e fuori di me.

Emetto un sospiro soddisfatto.

Wow.

Questo sì che è stato del sesso ben fatto.

Non posso fingere che la consapevolezza che Caleb fosse preoccupato per me non abbia contribuito ad aumentarne l'intensità. A trasformare la sua durezza in una forma di purificazione. La sua aggressione è una benedizione.

Stiamo sdraiati a lungo in silenzio. Dopo un po', il mio cervello si riaccende e si trova pieno di un milione di domande.

"Tua moglie e tua figlia? Erano…"

"Mutanti, sì."

"Anche l'orso che le ha uccise?"

"Non lo so. L'odore non era quello di un orso mutante, ma i segni degli artigli assomigliavano a quelli di un orso. Ma è impossibile che un orso normale abbia potuto uccidere la mia compagna. I mutanti sono più grossi e più forti delle loro controparti animali. Siamo come dei super-animali."

Permetto alle sue parole di penetrarmi nella mente, acutamente cosciente di quanto disagio abbia causato – e stia ancora causando – questo crimine irrisolto a Caleb. Quasi costandogli la salute mentale.

"Lo scorso mese sono stato a Tucson per un combattimento." Mi pizzica ancora un po' il capezzolo. È rude nel gesto, quasi crudele. Non avrei mai pensato di poter gradire un tale trattamento, ma è così. Lo adoro davvero. "Lì ho sentito un odore che mi ha ricordato quello. Non lo stesso… mancavano le sfumature da orso. Ma l'odore di base era simile. Come una sorta di mutante modificato. Non lo so."

"Ma era un umano? Cioè, qualcuno in forma umana?"

"Sì. Tre tizi. Ma non sono rimasto lì a scoprire di più. E il mio telefono non funziona quassù. È tutto il mese che mi prendo a calci da solo per non avere indagato in modo più approfondito."

"Potresti andare a Pecos per chiamare da lì?"

Caleb si scosta da me e ruota sulla schiena, fissando il soffitto. "Cazzo," mormora.

"Che c'è?"

Si tira la barba. "Non so che cazzo di problemi ho. Avrei dovuto farlo settimane fa."

Ho un po' paura di toccarlo, dato che si è scostato ed è agitato per la compagna morta, ma gli metto una mano sul bicipite gonfio. "Piantala di rimproverarti. Puoi farlo domani. Stasera, se proprio vuoi."

Caleb mi rivolge un'occhiata di sbieco. "Sì. Sì, mi sa di sì." La sua voce è burbera. "Domani." Rotola di nuovo su un fianco. "Miranda?" Mi tira un fianco per portarmi di fronte a lui. "Hai visto niente nel bosco oggi?" La sua espressione mi spaventa. Dev'essere perché ci vedo apprensione, come se il suo peggiore incubo si stesse avverando.

Scuoto la testa. "No, perché?"

Si passa una mano sulla barba. "Ho sentito un odore. A cosa stava abbaiando Orso?"

Ci penso, cercando di ricordare come sono andate le cose. "È corso avanti, fino alla riva del fiume. L'ho sentito abbaiare e non è venuto quando l'ho chiamato, il che è strano da parte sua. Quando sono arrivata sulla riva del fiume, l'ho visto caderci dentro."

"Caderci dentro? Ci è caduto dentro?" chiede Caleb, e il mio cuore inizia a battere più forte. Pensa che qualcuno abbia buttato Orso in acqua?

Mi mordo il labbro inferiore, riflettendo su ciò che ho visto. "Ci è rotolato dentro. È quello che ho visto, Caleb."

Caleb si lascia ricadere sul cuscino. Non riesco a decidere se sia deluso o sollevato. Resta a lungo in silenzio, mentre io cerco nella mia mente cosa dire adesso. "A volte non so proprio cosa sia vero e cosa derivi dal disturbo posttraumatico da stress," borbotta.

"Cosa?" Mi sollevo su un gomito.

"Sono andato fuori di testa dopo che la mia famiglia è stata uccisa. Mi sono trasformato in orso e sono rimasto con sembianze animali. Quando succede, di solito il mutante va abbattuto. Ti confonde la mente. La parte umana si perde e l'animale diventa estremamente pericoloso."

Le lacrime mi salgono agli occhi per lui. Per il dolore che ha sofferto. Mi copro la bocca per l'orrore. "Mi spiace tantissimo, Caleb."

Lui sbatte rapidamente le palpebre. "A volte…" La sua voce esce spezzata e roca. "A volte mi sento confuso per ciò che è successo. Mi chiedo se sia stato io a ucciderle."

Le parole di Caleb mi colpiscono come un taser. Per un orribile momento mi sento come se fossi in un film dell'orrore, quando ti rendi conto di essere a letto con l'assassino. E poi capisco – *capisco* con assoluta certezza – che non può essere.

Stavolta non esito a toccarlo. Gli afferro un braccio e lo stringo. "Non sei stato tu." Rendo le mie parole chiare e forti. "Caleb." Aspetto che mi guardi. "Non le hai uccise tu. Eri confuso dopo le loro morti?"

Scuote la testa. "No, era tutto normale allora."

"Giusto. Sei confuso ora, perché hai passato troppo tempo sotto forma di orso, mentre soffrivi. E poi hai spostato la confusione indietro nel tempo. Non è così che è andata."

Incrocia lo sguardo con il mio, l'espressione intensa, come se stessi pronunciando le parole che sanciscono la sua salvezza. "Come fai a saperlo?" mi chiede con voce roca.

Scuoto la testa. "Ti conosco. Non sei un assassino. Tu sei cortese e generoso e profondamente umano, indipendentemente da ciò che può essere accaduto successivamente alla tragedia. Non faresti mai e poi mai del male alla tua famiglia. Ti conosco da tre giorni e ne sono certa."

Un luccicore di lacrime riempie gli occhi di Caleb e lo vedo gettarsi un braccio sopra al viso.

Lo stringo. "Soffrire va bene. È giusto anche essere arrabbiati e cercare risposte e giustizia. Più lo fai, e più ti addentri nella tua umanità. Rivoltarti contro te stesso, rintanarti ed essere solo animale o andare in letargo per tutto l'inverno… questo ti allontana." Finisco l'ultima parte sottovoce, perché sono un po' nervosa riguardo a come accoglierà la mia opinione. "Non sto giudicando il modo in cui hai vissuto il tuo dolore, assolutamente no. Sto solo dicendo che… magari potresti onorare la tua famiglia lavorando per risolvere il mistero. Vivendo."

Un singhiozzo spezzato sale dal petto di Caleb, e sono sciocca quando si gira verso di me e lascia che lo tenga stretto al petto mentre piange.

Le lacrime rigano anche le mie guance mentre piango per il suo lutto, per il suo dolore. Non posso essere gelosa del suo dolore per la compagna morta, perché in questo momento siamo una cosa sola. La sua agonia è mia. Il suo lutto è mio.

Intreccio le dita tra i suoi capelli e gli massaggio la nuca fino a che non si placa.

Continuo ad accarezzarlo fino a che il suo respiro non rallenta e il suo enorme corpo non si rilassa nel sonno.

CAPITOLO UNDICI

Caleb

MI SVEGLIO COME se fossi stato in letargo. Mi ci vuole un bel po' di tempo per capire dove diavolo mi trovo.

La baita di ricerca.

L'esperienza quasi mortale di Miranda.

Cielo, per quanto ho dormito?

Scendo dal letto, e lì mi viene in mente che non ho vestiti. Ottimo. Spero che l'erezione mattutina non le dia fastidio.

Trovo il bagno, faccio una pisciata e mi sciacquo la bocca con dell'acqua. A quel punto mi rendo conto che nella baita c'è un profumino delizioso. Tipo pane dolce al forno. Mi avvolgo un asciugamano attorno ai fianchi e vado verso la cucina. Miranda è seduta dietro al computer e mi guarda con profonda preoccupazione. Il ricordo di ciò che ho condiviso con lei ieri sera mi torna alla testa come un dolore sordo.

"Giorno," mormoro. "Quanti ne abbiamo oggi? Mi sembra di aver dormito per mesi."

"Solo una notte. Circa sedici ore però. Come ti senti?"

Ci rifletto su. "Meglio." Mi strofino la barba. "Mi ha fatto bene parlare. Mi pare di essere passato in mezzo a uno strizzatoio, ma tutto è uscito dall'altra parte senza più tanto peso. Non so se mi spiego."

Alza i suoi intelligenti occhi verdi su di me. "Ti spieghi benissimo." Si alza e versa una tazza di caffè dalla caraffa, quindi me la porge. "Non ho molto cibo qui, ma sto preparando dei muffin ai mirtilli. Sai, per avermi salvato di nuovo la vita."

Mi avvicino e tiro la sua morbida forma a me, baciandola sulla sommità della testa. "Dolce da parte tua."

Sul pavimento, il suo cane scodinzola, sbattendo la coda a terra.

"Come stai, Cane?"

Orso si alza in piedi e mi corre incontro, scodinzolando.

Mi siedo su una sedia e prendo la testa del cane tra le mani, strofinandogli il muso e lodandolo. "Sei un bravo cagnolino, vero? Siamo amici? Non hai paura del mio orso?"

Orso volta la testa e mi lecca la mano.

Sollevo lo sguardo su Miranda. "E tu? Non hai paura?"

Scuote la testa. "Mi piace un sacco. E prometto che non fiaterò mai e poi mai con nessuno. Io non tradisco gli amici." Si inceppa sulla parola *amici*, e devo cacciare via il tacito impulso da parte del mio orso di impossessarmi di lei.

Non è *impossessabile*.

È umana.

Io sono un mutante.

Lei ha la sua ricerca. Vive ad Albuquerque.

Io sono ancora in lutto.

Solo che il pugnale affilato che mi è stato piantato in mezzo alle costole da quando Jen e Gretchen sono morte non è qui oggi. Si è alleviato, lasciando solo un sordo indolenzimento.

Grazie a Miranda. E non solo perché ieri sera mi ha confortato, anche se in questo modo ha fatto moltissimo per guarire la mia anima distrutta. No, è grazie al sesso e alle risate. Alla compagnia. E sì, all'amicizia.

E all'amore, sussurra il mio orso.

Amore.

Cazzo. Non sono più capace di amare.

No, non posso andare dietro a questa cosa.

Mi schiarisco la gola. "Grazie. È estremamente importante, Miranda. Apprezzo il tuo rispetto della nostra segretezza."

"Ma figurati."

Le credo. Onorerà il mio segreto, ne sono sicuro.

Il suo telefono emette un segnale acustico e lei corre al forno per tirare fuori i muffin. Mi brontola lo stomaco.

"Spero tu abbia fatto più di una teglia di quella roba, perché me ne mangerò dodici solo io," la avviso.

La sua risata è musicale e magica. Riempie la stanza e illumina gli angoli della mia anima, che non sente una risata da anni. "Serviti pure. Sono tutti per te. Mi offrirei di preparare la cena, ma non sono veramente rifornita per fare qualcosa di buono, qui."

Prendo dalla teglia un muffin caldo e me lo lancio da una mano all'altra per raffreddarlo. "Questi andranno benissimo. Adoro i mirtilli."

Ride ancora. "Ho notato. E ora so perché."

Mi metto in bocca mezzo muffin. "Perché?" chiedo con la bocca piena.

Ruota gli occhi al cielo. "Cibo da orso."

"Ah sì." Le sorrido umilmente, poi faccio fuori l'altra metà del muffin mentre già ne prendo un altro dalla teglia.

"Quanto spesso ti tramuti in orso?" mi chiede, adocchiando il mio torso nudo come fosse un dessert. Farebbe meglio a smettere di guardarmi così, o andremo avanti all'infinito come Super Mario.

Scrollo le spalle. "Non lo so. Una volta alla settimana? Una volta al mese? Dipende da cosa voglio fare."

"Che cosa stavi facendo ieri?"

"Ti tenevo d'occhio. Quando pensi di finire questa ricerca, così potrò tornare in letargo?" Non è da me canzonare qualcuno o scherzare. Diamine, non è da me neanche sorridere, ma le rivolgo un grande sorriso, così sa che non sono del tutto uno stronzo. Per quanto lei mi abbia sconvolto la vita, sentirò la sua mancanza quando se ne andrà.

La luminosità sul suo viso si attenua. "Il mio tablet si è rovinato nell'acqua, quindi ho perso tutto il lavoro che avevo fatto a casa tua. Almeno non ho perso tutto il malloppo. A dire il vero, stavo cercando di levarmi lo zaino dalle spalle, prima che mi salvassi. Quindi ho ancora i campioni. Ho bisogno ancora di uno o due giorni per finire di raccoglierne altri, e poi potrò tornare." La sua voce si trozza alla fine, come se il fatto di andarsene mettesse in difficoltà anche lei. Non vorrei, ma la guardo negli occhi, e tutti e due restiamo a fissarci, impietriti dal non detto tra noi.

"Devo andare," bofonchio. "Vado in città a fare quella telefonata di cui abbiamo parlato. Quando ho finito, vengo a controllare che tu stia bene quassù. Tieniti vicino Orso per tutto il tempo. Più vicino di ieri, intesi?"

"Ehm… ma sei nudo." Guarda l'asciugamano attorno alla mia vita.

Mi metto in bocca un altro muffin. "Mi tramuterò.

Vuoi guardare?" Sorrido, perché so che la risposta è sì. Il mio orso si sta mettendo in mostra adesso.

"Oh mio Dio, sì." Mi segue fuori. Mando giù un altro muffin prima di chiudere gli occhi e cedere all'animale che ho dentro. I pensieri si sparpagliano. La capacità di pensare e ragionare diminuisce. Il mio istinto si affina. Dentro alla mia testa sono ancora io, ma diverse parti del mio cervello vengono attivate. È un po' come avere dei super poteri mentre sei ubriaco.

Scendo a quattro zampe e vado verso i gradini della baita, posando le zampe anteriori sul primo scalino, dove si trova Miranda. Inspira a fondo. Alzo il naso per guardarla in faccia. La sua espressione non è meno meravigliata delle altre due volte che mi ha visto. Allunga tentennante una mano, ma resta pietrificata a mezz'aria, sospesa sopra alla mia testa come se avesse troppa paura di toccarmi davvero.

Abbasso il muso e glielo struscio delicatamente contro la pancia.

Ride, e posa la mano sopra alla mia testa. Mi accarezza i lati del muso, parlandomi con tono dolce: "Mio Dio, sei magnifico. Bellissimo. Mozzafiato."

Le permetto di godersi per qualche altro minuto il mio orso, poi mi giro e corro via. Il suo sussulto mi risuona nelle orecchie mentre corro alla mia baita.

~

Caleb

SCENDO a Pecos per fare in modo che il mio telefono funzioni.

"Caleb. Che succede?" Garrett ha sempre avuto un modo schietto e diretto di rispondere alle chiamate.

"Ehi, ho una domanda per te, lupo." Neanche io sono tipo da centellinare le parole.

"Che c'è?"

"Quando sono stato lì per un combattimento, ho sentito uno strano odore. Non mutante. Non umano. Una cosa diversa."

"Vampiro?"

"No. Ho sentito anche loro, ma quell'odore lo conosco. No, è come un mutante, ma non di forma animale riconoscibile. Più di uno. Erano un gruppetto di tizi."

"Ah, i tre marmittoni."

"Come scusa?"

"Hai mai sentito della Data-X?"

"No. Che cos'è?"

"Era un laboratorio di ricerca privato e sovvenzionato dal governo. I soggetti degli esperimenti erano mutanti e umani che cercavano di trasformare geneticamente in mutanti. L'odore che hai sentito è il risultato dei loro test. Uomini che sono stati trasformati in mutanti. Alcuni con maggiore successo rispetto ad altri."

Un brivido mi scorre lungo la schiena. Un orso mutante. Qualcosa che non è né orso né umano. Ecco cosa sto cercando.

"Dov'è questa Data-X?"

"Avevano dei laboratori in California e nello Utah. Li tenevano nascosti in posti abbastanza isolati e selvaggi. Uno del nostro branco era stato un loro prigioniero da ragazzo. Abbiamo fatto chiudere l'ultimo l'anno scorso e abbiamo liberato i restanti prigionieri."

"Quindi adesso c'è un branco di mutanti in libertà?" dico bruscamente.

Garrett ringhia sommessamente nel telefono. "Immagino tu lo stia chiedendo per un buon motivo."

"Sì. Quell'odore. Quel fottuto odore da mutante.

RENEE ROSE & LEE SAVINO

L'avevo sentito sui corpi morti di mia moglie e della mia bambina."

Garrett impreca. "Ok. Cazzo. Immagino che questo spieghi le cose. Va bene, fammi parlare con i tre marmittoni. Non sono assassini, nessuno di loro, di questo sono certo."

"Sì, lo so. Odori diversi, ma simili."

"Chiederò a Parker di chiamarti. È il più sano dei tre. Potrebbe sapere di esperimenti su qualche orso. Oppure Sam potrebbe sapere, il nostro fratello lupo. Ma è scappato anni fa. Oppure Nash, un leone pazzo. Ti mando i loro numeri dopo aver parlato con loro. Come ti sembra?"

Non posso descrivere il sollievo che mi scorre dentro. So che devo a Garrett la mia vita, ma onestamente… non mi ero mai sentito particolarmente riconoscente nei suoi riguardi perché mi aveva concesso di vivere. Ora invece provo vero affetto. "Sì. Lo apprezzo davvero, Garrett. Grazie."

Potrei essere vicino a ottenere delle risposte. Finalmente.

E non posso fare finta che questo progresso non dipenda da Miranda. È stata lei a risvegliarmi dalla mia condizione di catalessi. Mi ha dato uno scossone. Mi ha rispedito nel ring, con la testa finalmente sgombera.

Sono seduto nel mio pickup, parcheggiato davanti a uno dei bar locali, e voglio dimostrare la mia gratitudine. Lei mi ha preparato dei muffin. Cosa potrei fare io per lei?

A parte farla venire dieci volte prima del sorgere del sole, ovviamente.

Alzo lo sguardo e mi rendo conto che sto fissando proprio la risposta alla mia domanda.

Nella vetrina del bar è esposto un cartello che dice 'Serata Trivial'.

Serata Trivial. Miranda non ha forse detto che adora

Trivial Pursuit? A quanto pare, devo portare la mia ragazza a passare una serata fuori in città, stasera.

E sì, so che non è la mia ragazza.

Ma solo per una sera – probabilmente l'ultima per noi – posso godermi la compagnia della scienziata sexy.

CAPITOLO DODICI

Miranda

CALEB APPARE NELLA FORESTA, non con sembianze di orso ma come uomo. Non sono delusa. Sarei emozionata di vederlo in qualsiasi versione possibile.

Mi alzo in piedi quando lo sento arrivare. Orso gli corre incontro con un guaito felice e scodinzolando. "Ciao."

Guarda la piccola trivella che ho in mano. "Come ti posso aiutare?"

Sbatto le palpebre sorpresa.

Vuole aiutarmi?

Quale uomo si è mai offerto di aiutarmi, senza avere qualcosa in cambio per sé?

Nessun altro uomo, oltre a Caleb.

E all'improvviso mi sento come se fossi al nostro primo appuntamento. Come se la mia cotta segreta fosse appena stata svelata, e mi sento con la lingua legata e le mani sudate. Immagino che significhi che ho ammesso che quest'uomo mi piace.

Più di un po'.

Il che è un grosso problema.

"Beh, sto raccogliendo un campione da ogni albero di questo lotto." Gli mostro come si prelevano i campioni dagli alberi e poi come avvolgerli e impacchettarli per poterli poi studiare.

Mi prende di mano la trivella e si mette al lavoro. "Io prendo i campioni. Tu li impacchetti. Indicami il prossimo albero."

Delirio.

Quest'uomo non ha davvero niente da guadagnare nel fare il mio lavoro per me. Vorrei baciarlo o mettermi in ginocchio e succhiargli ancora l'uccello, ma sta già lavorando al prossimo campione, e poi a quello dopo. È più forte e agile di me. Fa sembrare questo lavoro una passeggiatina al parco. Io lo seguo, sbavando per i suoi grossi muscoli, mentre lavora, ma cerco di non adularlo troppo.

Mentre lavoriamo, mi racconta della sua telefonata e di ciò che ha appreso dal suo contatto di Tucson. L'informazione si incastra perfettamente con gli altri pezzi del puzzle già in suo possesso.

Finiamo nel giro di poche ore. Quello che mi avrebbe richiesto un'altra mezza giornata è fatto.

Dovrei essere felice, e invece il mio stomaco si aggroviglia.

È ora di andarmene da Pecos e tornare ad Albuquerque. Basta tempeste che mi costringono a stare rinchiusa insieme a Caleb, basta ricerche che mi trattengono qui in montagna.

Caleb mi riaccompagna alla baita di ricerca, eseguendo una protettiva perlustrazione visiva mentre camminiamo. Quando arriviamo, dice: "Meglio che metti via tutto e ti prepari, perché stasera ti porto fuori."

Lo guardo a bocca aperta, sorpresa.

"Come? Tipo un appuntamento?"

Caleb sussulta un poco e il mio volto si distende. "Ok, non un appuntamento. Non ti stavo suggerendo che dovesse esserlo. Io…"

"Fanno una serata Trivial al bar. Ho pensato di portarci la mia campionessa e ribaltare tutto il locale."

Non mi oppongo al largo sorriso che mi tende le guance da un orecchio all'altro. "Trivial? Io adoro il Trivial!"

Piega le labbra divertito. "Me l'avevi detto. Voglio vederti in azione."

Il mio volto si riscalda di nuovo, ma il piacere mi attraversa, scaldando tutte le mie neo-trovate zone erogene.

～

Il bar di Joes è un vecchio edificio di mattoni con un'insegna vintage della birra Coors appesa sopra alla porta. Probabilmente quel cartello non era tanto vintage quando l'hanno messo lì. È più probabile che sia appeso da così tanto tempo che ora lo si può considerare antico, e di conseguenza fico. Dubito che Joe – o Joes, se quella 's' è corretta – sia tanto preoccupato dalle decorazioni. Questo bar è una vera bettola dove la gente del posto va per evitare i turisti, sperando che la sporcizia vecchia di secoli che copre l'edificio e l'insegna siano sufficienti a tenere alla larga qualsiasi 'uccello migratore'.

La mia teoria si rivela corretta quando entro e l'intera clientela – per il novanta per cento maschile – gira la testa a guardarmi. Mi chiudo nella mia grossa giacca a vento, sperando di non sembrare troppo un'estranea che invade il loro rifugio locale. Considero l'idea di salutare tutti con un gesto della mano, ma decido che non farei che dare loro prova del fatto che sono straniera e pure scema. Mi sposto invece di lato e lascio che vedano Caleb.

Nel momento in cui entra, la tensione si dissipa e svanisce, come se non fosse mai esistita. Il barista fa un cenno a Caleb, come se lo conoscesse, e lui alza il mento in un saluto da perfetto uomo macho di montagna. La mossa dice: *Sono un solitario, ma questa è una piccola cittadina, quindi ci si saluta. Educatamente, ma con il minore sforzo possibile.* Un sacco di parole in un semplice gesto. Sarebbe interessante se ci salutassimo come fanno i cani, annusandoci a vicenda il naso, la bocca e... altri posti. Ok, non interessante. Strano.

Caleb mi tocca e faccio un salto.

"Tutto bene?" mi chiede.

"Sì," sussurro in risposta. "Tutto a posto."

Mi prende il gomito e mi guida oltre dei tavolini pieni. La serata Trivial dev'essere popolare. Nel nostro tragitto fino al banco, Caleb riceve altri saluti in stile uomo di montagna. Alcuni di quegli occhi si posano su di me e la mano di Caleb si sposta alla base della mia schiena, in un altro gesto molto eloquente. Sta marcando il suo territorio, avvisando i maschi potenzialmente interessati che devono starsene alla larga. *Guardare e non avvicinarsi. Questa è proprietà privata.*

Potrei dirgli che va tutto bene, che probabilmente nessuno ci proverà con me, ma non lo so. Se c'è una cosa che attira i maschi umani, è una femmina con un altro maschio. Un maschio alfa. È qualcosa che ha a che vedere con il desiderare ciò che non si può avere. Dice più della loro valutazione di Caleb che di quella che fanno di me.

Mi vedono insieme a lui e si chiedono quali doti nascoste io possegga, per poter attrarre un uomo macho come lui. Non sanno che siamo rimasti bloccati nella neve senza altro da poter fare.

Caleb mi porta fino al banco, sempre con una grossa mano posata sulla mia schiena. In genere non apprezzo quella roba macho, tipo *sei la mia donna*, eppure ora mi sembra carino. Un atteggiamento da gentiluomo. Soprattutto dato che l'intera clientela (quasi tutti uomini) ci sta ancora fissando. Mi infilo una ciocca di capelli dietro all'orecchio e mi do una controllata, giusto per sicurezza, per verificare di non avere la cerniera aperta o che si veda la biancheria intima.

Indosso un gilet rosa con sotto una maglia termica bianca, insieme a dei comodi jeans. Nello specchio dietro al banco, vedo che il rosa è perfettamente abbinato al colore delle mie guance, ora arrossate per il freddo. E per i multipli orgasmi. Mi sento carina – molto più sexy rispetto a prima di incontrare Caleb – ma probabilmente non è per questo che mi stanno fissando. Primo: è probabile che abbiano visto Caleb un po' di volte, ma mai con una donna. O con nessuno a cui stesse tanto vicino da poterlo toccare o parlarci. Secondo: ho i capelli da sesso. Ho fatto del mio meglio per spazzolarli, ma le scorse settantadue ore sono state piene di solide scopate, e mi ci vorrà più di una spazzolata per domare questa acconciatura da una che 'è appena stata a letto con un infuriato demonio del sesso'. Una bomboletta di spray per capelli. Forse due. E un intervento divino. Ovviamente Caleb non ha spray per capelli né altre cose da donne. Mi ha creduta pazza quando gliel'ho chiesto.

Per quanto riguarda l'intervento divino, sono atea, ma anch'io so che essere stata scopata da un eccitante uomo di montagna è un miracolo, ed è molto improbabile che riuscirò a trovare qualcun altro come lui a breve.

Il barista finisce con l'ultimo cliente e viene a servirci. È un grosso uomo di montagna, non grosso quanto Caleb ma tagliato per la stessa stoffa da macho. In condizioni normali avrei una paura boia a entrare in un posto come questo, ma con Caleb, il più grosso e forte di tutti, è quasi divertente.

Mi appoggio al bancone e rivolgo all'uomo un sorriso amichevole. "Joe e Joe sono qui?" cinguetto.

Il barista inarca un sopracciglio e sbuffa. "Chi?"

"I Joes proprietari del bar," lo incoraggio.

"C'è solo un Joe."

"Oh, non lo sapevo. È che l'insegna…" Indico dietro di me, verso la porta. "C'è una 's' del plurale dopo il nome, quindi…" Mi fermo. Il barista mi guarda come se avessi due teste. Gli altri avventori mi fissano, sorseggiando i loro drink e godendosi la scena. Io proseguo. "Dicevo, il che significa che è plurale. Joe e Joe. Non solo Joe singolare… ehm, ma Joes. Plurale."

"Tesoro," mormora Caleb. La sua guancia vibra in un modo che mi fa capire che si sta trattenendo dal ridere.

"Non importa," bofonchio.

"Tesoro," dice ancora Caleb, e mi mette un braccio attorno alle spalle, coprendomi nel modo più letterale possibile. "Che ti va di bere?"

Mi guardo attorno ma non vedo nessun menù, quindi piego la testa di lato e chiedo al barista: "Avete vino bianco?"

Qualcuno dietro di me sbuffa. Mi si scaldano le guance e Caleb si gira. Immagino che abbia fulminato con lo sguardo chiunque abbia riso, perché cala il silenzio.

"No," biascica il barista, con una faccia da 'che cazzo vuoi'.

Cavolo. Non sono una grossa amante della birra. "Coors?"

Il barista prende la mia domanda come un ordine, perché ci piazza davanti due bottiglie e va avanti.

Bene bene.

"Mi sa che non è il posto giusto dove ordinare vino bianco," mormoro.

"Immagino tu sia stata la prima a entrare qua dentro e a chiederlo." Caleb afferra le birre.

"È probabile."

Caleb ride e mi accompagna a un tavolo. La mia delusione dura solo fino a quando la presentatrice del quiz non si alza per annunciare l'inizio del gioco, facendosi passare da una valletta le carte con le domande.

"Io scrivo," dico a Caleb, e rovisto alla ricerca di una matita, assicurandomi che abbia la punta fatta, non rotta, e che la gomma funzioni. Caleb mi guarda con occhi ridenti. Trova grazioso il mio rovistare e affannarmi. Lo so, perché me lo dice.

La presentatrice chiede silenzio e lui si china verso di me.

"Sei pronta?"

"Sono nata pronta." Mi preparo con la matita premuta sulla tabella dei punti, gli occhi sulla presentatrice.

Lui ride e sento la pelle d'oca su tutto il corpo. È bello, ma mi fa venire voglia di tirarlo in un angolo buio della sala e sbaciucchiarmelo all'infinito.

"Mi distrai." Lo guardo arricciando il naso.

"Davvero?" Curva le labbra e prende un sorso della birra per nascondere un sorriso. "Starò zitto."

La sua forte gola si tende mentre deglutisce. "Non mi è di aiuto," mormoro. "Dovresti metterti un sacchetto in testa."

"Grazioso," dice di nuovo, scuotendo la testa.

"Ssh." Mi concentro mentre le domande cominciano ad arrivare. Numero uno: qual è la corsa organizzata da più tempo negli Stati Uniti? *Il Kentucky Derby*. "Ed ecco che si parte…"

Prendiamo ritmo, io che scrivo, lui che guarda da dietro la mia spalla e si scola la birra. Nel primo round ci sono tutte domande riguardanti lo sport, poi si passa alla televisione. Ringrazio mia nonna per tutti quei pomeriggi in cui mi ha fatto da babysitter piazzandomi davanti alla TV e facendomi guardare repliche su repliche.

"Sei brava," mormora Caleb, stringendomi alla base della nuca. Dimostrando, ancora una volta, di non essere intimidito dal mio cervello né dalla mia natura competitiva. Gli rivolgo un rapido sorriso.

"La bevi questa?" Alza la mia birra, ancora intatta.

Scuoto la testa e continuo a scrivere. Azzecco il nome della tartarughina di Charles Darwin (Harriet), il colore della lingua delle giraffe (nera), la posizione della più grande piramide del mondo (non Egitto, ma Messico).

"Sei sicura di quella, tesoro?" chiede Caleb guardando l'ultima risposta.

"Sì." Mi avvicino a sussurrargli nell'orecchio. "La maggior parte della gente non sa che è la più grande, perché è sepolta dentro a una montagna."

"Capito." Gira la testa, mi tocca il mento per tenermi ferma e mi bacia. Sa di Coors. Per fortuna l'uomo macho al sapore di birra aromatizzata mi piace lo stesso. Il bacio si fa più appassionato e i brividi mi attraversano il corpo, arrivando fino alle dita dei piedi.

Caleb si stacca. Io tengo il collo teso, le labbra schiuse.

"Quale deserto sudamericano è uno dei posti più aridi della Terra?" chiede.

"Cosa?" gli domando, frastornata.

"Miranda, concentrati."

Sbatto le palpebre, ma non vedo altro che il suo sorriso.

La presentatrice ripete la domanda e io torno alla realtà.

"Giusto," dice alzandosi. "Vedo che hai capito." Caleb prende i bicchieri vuoti e va a riempirli, mentre io rispondo a qualche altra domanda. Il primo indirizzo Internet di Amazon.com (Relentless.com), la città dove i sindaci vengono scelti pescando i nomi da un cappello (Dorset, Minnesota) e la paura di attraversare i ponti (gefirofobia).

Caleb torna e controlla il mio lavoro, corrucciando le labbra quando vede l'ultima risposta.

"Non chiedermi di pronunciarlo," gli dico.

Accanto al mio braccio c'è un bicchiere di vino bianco.

"Caleb." Gli do una gomitata nel fianco e indico il bicchiere. "Pensavo non ne avessero."

"Non ce l'avevano, ma il proprietario ti ha sentita ordinarlo ed è corso fuori a procurarselo."

"Ohhh, che carino." Alzo il bicchiere in segno di brindisi in direzione dell'uomo burbero dietro al bancone. "Non dovrei bere vino bianco nei mesi freddi, ma lo adoro."

"Ti scalderò io." Mi cinge con un braccio. Uh, bello.

"E ora, come giro bonus più leggero," annuncia la presentatrice, "le domande preparate dal vostro Bar da Joes!" Il barista fa un inchino.

"Dovrebbero fare un giro sull'ortografia corretta," borbotto tra me e me.

"La categoria è nomi collettivi," continua la presentatrice.

"Che cazzo di roba è?" chiede qualcuno, ma io esulto in maniera velata.

"Le sai?" chiede Caleb.

"Certo che sì."

"Qual è il nome collettivo dei bufali?"

"Mandria," scrivo. "Questa era facile," dico sottovoce a Caleb. Lui mi premia con un sorriso.

"Nome collettivo per polli."

"Cazzo." Il tavolo accanto a noi non sta andando per niente bene. Sorrido sotto i baffi e riempio la casella: "Nugolo."

"Nome collettivo per i pesci."

"Banco," scrivo, e mi giro verso Caleb aggiungendo: "Oppure massa."

"Leoni?" Facile. "Branco."

"Delfini."

"Banco," mi sussurra Caleb.

Annuisco, sorrido e scrivo.

"Orsi."

"Gli orsi sono animali solitari." Mi acciglio guardando Caleb.

Appoggia la birra con un tonfo. "Un gruppo di orsi si chiama branco," mormora, e picchietta il dito sulla tabella. "Scrivi."

Obbedisco, la bocca aperta. "Come fai a saperlo?"

"Ero annoiato e sono andato a cercare." Indica ancora la tabella e piego la testa per rimettermi al lavoro.

"Hai mai visto degli orsi in gruppo?"

"No, siamo animali solitari." Fa l'occhiolino.

Poi viene "Un gruppo di corvi." Il partecipante al tavolo accanto al nostro getta sul tavolo la matita. Io scrivo 'stormo' e lo sussurro a Caleb.

"Ultimo. Avvoltoi."

"Sì," sussurro. E scrivo 'comitato', ma poi metto in dubbio la risposta.

"Cosa c'è?" Caleb si china in avanti.

"Questa è la risposta," dico indicando il foglio di carta.

"A meno che non siano in volo… e allora anche per loro si dice stormo. Quando mangiano invece sono una scia." Mi mordo il labbro. "Quale metto?"

"Segui la pancia," mi consiglia Caleb.

"Quando siete pronti, consegnate i fogli con le vostre risposte," dice la presentatrice, e corro a lasciare il mio. Siamo i primi a consegnare, il che ci regala dieci punti in più.

Gli occhi di Caleb ridono quando torno da lui. Mi cinge con un braccio, tirandomi contro il suo corpo sodo e dandomi un altro bacio alla birra. Il tavolo accanto al nostro borbotta e mi stacco per prendere fiato.

"Sono fiero di te," dice Caleb, prendendo il mio bicchiere di vino e porgendomelo.

"Sul serio?" Reprimo un brivido. Sono seduta tra le braccia di un uomo poderoso, un uomo che ha rinunciato al suo stile di vita per farmi passare una serata fantastica. È sexy, e non è intimidito da me.

"Oh sì, vederti tutta concentrata nel gioco… sexy." Stavolta lascio che il brivido si sprigioni e scorra. Le labbra di Caleb mi toccano l'orecchio. "Solo una cosa, tesoro. Era troppo facile. La prossima volta che ci giochiamo, farò in modo che sia più una sfida." La mano libera accarezza la cucitura interna dei miei jeans, e quasi lascio cadere il vino.

"Se-sembra interessante. Sarei propensa a provare."

"Mmhmm." Caleb sposta la mano, ma non il braccio. Mi riappoggio allo schienale e mando giù il vino. Fanculo il Trivial Pursuit. Giocherei a qualsiasi cosa con Caleb, basta che sia lui a fare le regole.

Vinco il premio, una targa che dice: "Fornitore di conoscenze inutili." Joe stesso, il proprietario, viene fuori da dietro il bancone per consegnarmela. Guardo il logo del Bar da Joes e sospiro per la 's' inutile, fino a che Joe non si china vero di me per dire: "Ti ho sentita parlare prima, e sì, è Joes, al plurale." Lo guardo con gli occhi socchiusi, mentre continua. "Stava nell'esercito. È morto in guerra. Quando uscivamo, dicevamo sempre che avremmo aperto un bar. Quindi la 's' è corretta." Fa una pausa. "Non che altri possano cogliere il riferimento."

Do un abbraccio a Joe e mi giro verso Caleb, distogliendo lo sguardo.

~

"UN GRUPPO di gufi è definito parlamento. Un gruppo di gabbiani si chiama bisticcio. Un gruppo di squali si dice brivido," cantileno, gli scarponi piantati contro il cruscotto del furgone di Caleb.

Caleb parcheggia, fa il giro dell'auto e viene ad aprirmi la portiera.

"Un gruppo di tigri è un'imboscata o una traccia." I miei piedi colpiscono il terreno e Caleb mi solleva tra le sue braccia. Gli metto un braccio attorno al collo e lo informo: "Un gruppo di pappagalli è un panda… pandi…" Schiocco le labbra e riprovo: "Pandemonio."

"Sei ubriaca?"

"Forse. Più o meno. Un gruppo di vombati si chiama saggezza."

"Sei così fottutamente intelligente," mi dice, buttandomi sul letto.

"*Tu* pensi che sia intelligente," mormoro allegramente. Guardo mentre la sua giacca, maglietta e scarponi cadono sul pavimento. E poi mi è addosso.

"So che lo sei." Mi tira giù la cerniera della giacca e del gilet e me li sfila entrambi. "Non sai di essere intelligente?"

"Sì, lo so," gli confermo, mentre mi tira su la maglietta.

"Solo che è facile dimenticarsene quando i colleghi ti trattano con superiorità."

"Sono degli idioti," dice Caleb con il suo tono da macho, prima di sfilarmi la maglietta dalla testa. "Miranda, lo devi sapere. Sei intelligente e gentile e bella. Cazzo." Mi prende il viso tra le mani e mi guarda. Sotto al suo sguardo, cerco di non dimenarmi. "Fottutamente bella."

"Caleb," sussurro, e lui si abbassa su di me. La sua barba mi accarezza il collo, mentre lui pianta deliziosi e solleticanti baci tra le mie clavicole. "Caleb." Il mio sussurro diventa un gemito, e mi muovo sotto di lui, mentre le sue labbra sfiorano la sommità dei miei seni. Tira giù il reggiseno con i denti e si china di nuovo in avanti per succhiarmi. L'espressione che ha negli occhi è tutto. In questo momento potrei avere direttamente un orgasmo solo per il modo in cui mi guarda. Mi vede. Mi capisce. Mi vuole bene. E da sempre, fin dall'inizio.

Fa paura.

Giro la testa. "Un gruppo di porcospini si chiama spina."

"Miranda," mi chiama. Le sue dita, delicate sulla mia mandibola, riportano dritta la testa, in modo che lo guardi. "C'è qualcosa che vorresti dirmi?"

Sì. Mi mordo il labbro, in modo da non spifferare: *So che questa cosa è temporanea, ma mi sto innamorando di te.*

"Miranda?"

"Un gruppo di rinoceronti viene chiamato schianto," sussurro, e stringo le braccia attorno al suo collo in modo da farlo scivolare dentro di me. Inspiro di scatto. La sua mano mi prende un seno, il pollice stuzzica il capezzolo. I miei muscoli interni si tendono attorno a lui mentre si muove, entrando sempre più a fondo, tirandomi su le gambe in modo da andare a colpire punti che non ho mai sentito prima. Chiudo gli occhi, lanciandomi in caduta libera verso l'orgasmo, la mente che si svuota. L'uccello di Caleb colpisce un punto e i miei pensieri svaniscono, così che non debba affrontare la verità: non è per sempre. Finirà.

Ma non ancora. Non stanotte.

CAPITOLO TREDICI

Miranda

MI SENTO come un pezzo di vetro che sta per frantumarsi. Tutto è strano ed extra-corporeo. Svegliarsi con Caleb. Fare colazione. Caricare le mie cose nel bagagliaio della Subaru.

Tutto questa mattina ha il sapore della cenere nella bocca.

Me ne sto andando. Dico addio e me ne vado da Pecos. Me ne vado da Caleb.

E voglio fare una sorta di piano: dargli il mio numero e chiedergli di chiamarmi. O dirgli di venirmi a trovare ad Albuquerque, ma sappiamo tutti e due che nessuna di queste cose accadrà.

Lui appartiene a questo posto e io ho la mia vita. E poi non abbiamo una relazione. Abbiamo fatto sesso.

Un sacco.

Abbiamo fatto un sacco di sesso.

Questo non significa che siamo una coppia. Non significa che abbiamo preso degli impegni né che abbiamo fatto delle promesse.

Non significa che abbiamo un futuro.

"Bene." Sto accanto alla mia auto, la portiera aperta. Orso è già dentro, e mi aspetta scodinzolando.

"Va bene. Vai piano." Caleb non mi sta guardando negli occhi.

"Grazie di tutto." Cerco di aprire le braccia, come se dovessimo darci un abbraccio amichevole.

Caleb non si muove. Il suo sguardo buio mi paralizza al mio posto, il cipiglio sul suo volto impedisce che altre parole insensate mi escano di bocca.

"Ci tengo a te, Miranda," dice.

Smetto di respirare.

"Non mi piace l'idea di quegli scienziati che si approfittano di te."

Oh.

Eccoci di nuovo qui. Dove abbiamo iniziato, quattro giorni fa in questa baita.

"So badare a me stessa," mormoro, cercando di cacciare via la delusione.

"Sarà meglio." Lo dice come avvertimento. Il burbero uomo di montagna è tornato in piena forza, stamattina.

"Se mai capitassi per Albuquerque…"

"Non ci verrò," mi interrompe.

"Giusto. Ok. Beh, io sono lì. E, beh, tu sarai qui." Non dico che potrei tornare per delle ricerche. Darebbe l'impressione che sono a caccia di qualcosa che lui non vuole darmi.

Faccio un passo avanti e mi metto in punta di piedi per dargli un bacetto sulla guancia.

Non si muove. Resta fermo come una statua. Come se il mio bacio l'avesse impietrito.

"Addio," sussurro.

Perché è davvero un *addio*. Non un *a dopo*, o *alla prossima*.

Non dice niente.

Con lo stomaco duro come la pietra, monto nella Subaru e accendo il motore. Inizio a piangere solo quando ho svoltato alla prima curva.

E poi scoppio del tutto.

～

Caleb

GUARDO la Subaru di Miranda scomparire in fondo alla strada forestale, e il mio orso ringhia di angoscia.

Non lasciarla andare.

Non lasciarla andare.

Ma devo. Che scelta ho? Non appartiene a me. Non ho niente da offrire a quella donna. Sono un uomo distrutto, squattrinato, privo di ambizioni. Sono stato distrutto dal dolore e il mio cervello è stato manipolato dall'animale. Anche senza tutto questo, sono un mutante e lei è un'umana. Non dovremmo mescolarci.

Entro nel mio pickup e torno alla mia baita. Per tutto il tempo, il mio orso dà di matto. Cerca di prendere il controllo. Ringhia sottopelle.

Lasciala andare, orso. Non possiamo averla.

Non è per noi.

～

Miranda

. . .

NON È SIGNIFICATO NULLA. O forse non è significato abbastanza.

Non sono stata sufficiente a distrarre Caleb dal suo dolore.

Dal suo lutto.

E anche se ho circoscritto tutto attorno al sesso, lui mi si è intrufolato nel cuore. Perché ora me ne sto andando con quell'organo spappolato e dilaniato. I suoi pezzetti sono sparpagliati per la montagna.

Ho appena superato la cittadina di Pecos, quando un uomo mi si para davanti all'auto, agitando le braccia come se avesse bisogno d'aiuto.

Freno e mi fermo, poi tiro giù il finestrino. "Sì?"

Orso impazzisce, abbaiando dal sedile posteriore, ma prima che possa cogliere il suo avvertimento la mano dell'uomo passa attraverso il finestrino aperto con tale velocità che quasi non la vedo. Mi infilza il collo con qualcosa di affilato.

Lo fisso, l'orrore che lava via il dolore.

Caleb ha sempre avuto ragione. C'era un assassino che mi aveva scelta come preda e mi stava dando la caccia.

E ora mi ha presa.

Mi accascio sul volante e tutto diventa nero.

~

QUANDO MI SVEGLIO, mi ritrovo dentro a una gabbia in mutande e canottiera. È una grande gabbia di rete, come una grossa cuccia per cani, all'interno di una stanza scarsamente illuminata che sa di umido e terra. È come se fossi in una cantina. La paura mi pervade e mi risveglia dal mio torpore indotto dalle droghe, man mano che ricordo ciò che è successo. Cerco di mettermi seduta e vado a sbattere con la testa contro il tetto della mia prigione.

Gemo e sbatto le palpebre, cercando di orientarmi, mentre il mio cervello si sforza di tenere il passo.

È lì che mi rendo conto che non sono sola. C'è una gabbia accanto alla mia e – oh mio Dio – c'è dentro un'altra donna. È magra e pallida. I capelli biondi sono imbrattati e arruffati. Si porta un dito alle labbra, in segno di avvertimento.

Altra paura mi pompa nelle vene, ma il mio lato razionale viene incoraggiato. Non sono sola. E se anche questa donna è qui, significa che probabilmente la morte immediata non è il mio futuro. Perché immagino che sia una delle escursioniste scomparse.

Scruto nella stanza semibuia e scorgo un'altra gabbia, e poi un'altra. Sono otto in tutto. Altre due sono occupate, anch'esse da giovani. Quindi potrebbero essere tutte e tre le donne scomparse.

E io sono appena diventata la numero quattro.

Il pensiero affonda in me come un sasso, ma poi è seguito dalla speranza.

Caleb mi troverà.

Cerco di cacciare via questa speranza da principessa Disney, perché Caleb non verrà a cercarmi. Pensa che sia andata ad Albuquerque, e anche se prima di andarmene gli ho lasciato il mio numero, non avevamo in programma di sentirci.

Non è che andrà a chiamare la polizia se non gli mando un messaggino per dirgli che sono arrivata a casa sana e salva.

Nessuno lo farà.

Ci vorranno giorni – forse più di una settimana – prima che qualcuno si renda conto che qualcosa è andato storto. I tizi del laboratorio e i miei amici penseranno semplicemente che sono ancora quassù a fare ricerche.

Non ho detto a nessuno che sarei scesa dalla montagna oggi.

Sbircio ancora nella gabbia accanto alla mia.

Di nuovo la donna si porta un dito alle labbra e scuote la testa. "Zitta," dice con il solo movimento delle labbra.

I brividi mi percorrono la schiena, ma annuisco.

Devo fidarmi della mia compagna prigioniera, in questa situazione. Lei è qui da più tempo di me.

Per molto tempo non succede nulla. Catalogo un milione di domande da fare a queste donne quando – e se – ne avrò l'occasione.

Finalmente una porta si apre, portando nella stanza un fascio di luce, ed entra l'uomo che mi ha fermato lungo la strada. Indossa un camice bianco da laboratorio.

"Oh, il nostro più recente soggetto è sveglio," dice in una voce carica di falsa allegria. "È ora di iniziare gli esperimenti."

Lancio un'occhiata alla donna accanto a me, e il timore sul suo volto conferma che la cosa non mi piacerà.

Il mio aguzzino apre la gabbia. "Dimmi, cosa ci facevi con l'orso?"

Allora sono certa, senza ombra di dubbio, che questo è l'uomo che ha assassinato la moglie e la figlia di Caleb.

Mi afferra un braccio e ci pianta dentro un ago, iniettandomi ancora qualcosa. Stavolta non perdo i sensi, ma i miei muscoli diventano molli. Non riesco a muovere gli arti, e neanche a tirare su la testa.

L'uomo avvicina una lettiga alla gabbia e mi tira fuori per un braccio. Non riesco a sentire dove mi afferra, ma mi viene in mente che deve essere innaturalmente forte, perché gestisce il mio peso morto senza difficoltà.

Rifiutandomi di fare la vittima inerme, uso l'unica arma che ho a mia disposizione in questo momento: la mia mente e la mia lingua. "Sei *tu* l'orso," lo accuso.

Lui si immobilizza e gli occhi diventano color ambra. Mentre lo guardo con orrore, si trasforma. O si trasforma a metà. Il volto cambia diventando di orso: gli cresce il muso al posto del naso, e dei grossi denti si allungano dalla bocca. Le mani diventano zampe gigantesche: zampe gigantesche con artigli assassini. Cresce anche del pelo, ma solo a chiazze. Non prende forma completamente. È bloccato in qualche punto a metà strada: mezzo uomo e mezzo orso.

Una delle altre donne nelle gabbie grida, facendomi capire che neanche lei ha mai visto questo lato del suo aguzzino prima d'ora, o che è qualcosa di cui avere paura.

Il tizio dà di matto, agitando gli artigli nell'aria e facendo cadere un tavolo e una sedia. Spinge via la lettiga su cui mi trovo e il mio corpo cade floscio a terra. Probabilmente è una benedizione che non abbia alcun controllo sui miei muscoli, perché la morbidezza del mio corpo mi fa atterrare con più facilità.

Scaglia le gabbie per la stanza. Le donne che ci sono dentro gridano. Continua nella sua sfuriata, spaccando tutto, distruggendo attrezzature di laboratorio: fialette, contenitori e tubi di vetro.

Sembra durare in eterno. Quando non resta altro da distruggere, corre via dalla stanza, tossendo e rantolando tra i ruggiti.

Sento sbattere un'altra porta e poi una delle donne parla. "Porca puttana. Che diavolo era quella roba?"

"Un esperimento di mutante venuto male," rispondo.

"Un cosa?" La domanda tremante viene da un'altra gabbia.

"Questo tizio è stato un soggetto di laboratorio per un progetto di ricerca sovvenzionato dal governo, che però è fallito. Mi sa che la cosa, oltre a renderlo un mostro, l'ha anche fatto diventare pazzo."

"Oh santo cielo," dice la prima donna. "Ha senso."

"Perché?"

"Chiama questa cantina *il laboratorio*. Pensa di fare esperimenti su di noi, ma non hanno alcun effetto. Preleva il sangue e lo mescola in piccole fialette insieme a colorante alimentare e acqua. Ci tortura e dice che sono dei test di tolleranza del dolore. Mentre urliamo, ci grida di tramutarci. Non avevamo la minima idea di cosa volesse che tentassimo di fare. Abbiamo solo capito che è completamente fuori di testa."

Mi sforzo di muovermi, ma il mio corpo non vuole ancora obbedire al mio cervello. "Dobbiamo uscire da qui," mormoro, le labbra e la lingua che si stanno indolenzendo come il resto del corpo.

"Sì, buona fortuna. Non ti muoverai per altre sei ore almeno."

"Mi chiamo Miranda," dico loro. "E usciremo da qui."

"Ne sembri piuttosto sicura," dice una con tono asciutto. "Ma a me non pare che finora il tuo piano stia avendo molto successo. Io sono Julia."

"Io sono Rachel."

"Io sono Tracy."

"Direi piacere di conoscervi, ma le circostanze sono una merda," dico. Sto biasciando un poco per il rilassante assunto. "Ci sono locandine di persone scomparse per tutte voi tre nell'intero Nuovo Messico. Non vi hanno dimenticate."

"Sei una poliziotta o qualcosa del genere?" chiede una di loro. Penso sia Tracy.

"No, sono un'ambientalista. Ma questa settimana ho conosciuto un uomo che sta cercando di risolvere i vostri casi. Pensa che questo tizio abbia anche ucciso sua moglie e sua figlia."

Caleb.

Il pensiero di non rivederlo mai più mi opprime il petto.

Non posso contare sul fatto che ci trovi. Ci siamo detti addio, e non ha alcun motivo di sospettare che non sia già a casa al sicuro, accoccolata con il mio cane.

Orso!

"Qualcuna di voi ha visto o sentito il mio cane?"

Il mio cuore batte forte, pensando a quando Orso è finito nel fiume. E se non fosse stato un incidente ma fosse stato il mio aguzzino a lanciarcelo dentro? E se avesse fatto a Orso qualcosa di orribile?

"No." Rispondono tutte e tre.

Sento una porta che si apre e le tre prigioniere mi intimano di fare silenzio. Chiudo la bocca e ascolto il loro avvertimento. Far arrabbiare il pazzo non sarebbe il migliore dei piani.

Devo far lavorare il cervello per escogitare un modo per uscire di qui. Perché restare intrappolata con un pazzo che fa esperimenti di laboratorio non è un'opzione.

～

Caleb

TUTTO NELLA MIA baita sembra sbagliato.

Lo sento sbagliato.

Sono passati due giorni da quando Miranda è partita, ed è impossibile tornare alla mia vita di una volta. Sono cambiato.

Lei mi ha cambiato.

La baita sembra vuota senza di lei. E stranamente non la sento più come un monumento commemorativo per Jen e Gretchen. Non che i loro ricordi siano stati cancellati.

No, anzi, mi sento di onorarle ancora di più. Sono più determinato a trovare il loro assassino e chiudere questa storia. Ma capisco anche che è ora di ricominciare a vivere.

Rintanarsi quassù da solo e a fare di me un eremita non sembra più la cosa giusta.

Voglio di più.

Ho bisogno di più.

Cazzo, Miranda mi manca. Mi manca da morire, cazzo.

Guardo il mio cellulare, dove ho salvato il suo numero. Ovviamente non ho ricezione dalla mia baita. Ma forse vale la pena di scendere in città. Potrei vedere se Parker ha chiamato e mandare a Miranda un messaggino.

O chiamarla.

Devo farle sapere che voglio qualcosa di più.

Per noi.

Voglio che stiamo insieme. Pensavo che il mio corpo non potesse accogliere un'altra persona. Che amare qualcun altro sarebbe stato un tradimento della mia compagna morta.

Ciò che non capivo è che il mio corpo aveva già fatto spazio per altro. E ho permesso che quella persona se ne andasse senza dirglielo. Sono stato un idiota, ma potrebbe non essere troppo tardi per sistemare le cose.

Parte del peso che ho nel petto si allevia.

Mi alzo dal divano, mi infilo il cellulare in tasca e vado verso la porta.

E lì sento il piagnucolio.

Viene direttamente da dietro la porta e…

La apro di scatto e mi accuccio. "Orso!"

Il cane di Miranda è seduto lì e mi abbaia. Cosa ci fa qui?

Guardo fuori, ma non c'è traccia della Subaru di Miranda. Non è venuta qui in macchina.

"Vieni qui, bello." Allungo una mano e accarezzo il cane, ma lui si tira indietro e abbaia ancora. Sento l'odore del suo sangue, non fresco. Zoppica leggermente. Non entra, anche se sembra mezzo congelato. No, mi sta dicendo qualcosa.

Oh cazzo.

Cos'è successo a Miranda adesso?

Ma lo so già.

Lo so con assoluto terrore, un terrore che mi fa rizzare tutti i peli del corpo. Lo so con l'agonia di un pugnale piantato nel cuore.

Ti prego, fa' che non sia morta.

Ti prego, non come Jen.

Una fascia gelida mi si serra attorno al petto mentre afferro la giacca e corro fuori. "Dov'è, bello? Fammi vedere dove."

Orso parte di corsa, e mi rendo conto che non ci andremo con il mio pickup.

"Aspetta, bello." Fischio, e Orso torna indietro e mi abbaia di nuovo.

"Trenta secondi," gli dico, anche se non può capirmi. Coglie l'idea. Sfreccio dentro e mi strappo di dosso i vestiti, poi torno fuori, chiudo la porta e mi tramuto.

Orso piagnucola, ma parte di nuovo e io gli corro accanto. Procediamo per miglia lungo il versante della montagna.

Quando sento l'odore del mutante modificato, vorrei vomitare. Ringhio per tutto il tempo che corriamo, un sommesso rombo di rabbia che mi tiene concentrato. Man mano che l'odore si fa più intenso, il pelo della collottola si rizza. E poi la vedo: la Subaru di Miranda in fondo a un fosso, qualche centinaio di metri dalla strada che va verso Santa Fe.

Cazzo.

Orso impazzisce, abbaiando e correndo attorno all'auto.

Merda. Non sa dove sia. Questo dev'essere l'ultimo posto dove l'ha vista. Dovrò cavarmela da solo.

Alzo in aria il naso per trovare il suo odore. È mescolato a quello dell'orso mutante, ma lo sento. Lo seguo in discesa per un altro miglio circa, fino a una baita.

Qui c'è puzza di orso mutante. Dev'essere il posto giusto.

E in quella, la sento gridare.

~

Miranda

Ho la gola secca e affaticata a forza di gridare. Sono legata alla lettiga con un folle che mi sta accanto. Mi ha già prelevato il sangue quattro volte, usando attrezzatura sporca e non sterilizzata. Le mie compagne prigioniere avevano ragione: non c'è niente di realmente scientifico qui. Solo un matto fuori di testa che pensa di essere un vero scienziato. E si diverte a infliggere dolore. Grido mentre infila più a fondo l'ago sotto all'unghia del pollice.

"Tramutati!" grida il matto, goccioline di saliva che gli volano fuori dalla bocca. "Hai DNA di orso che ti cresce dentro. Usalo per tramutarti!"

Grido di nuovo.

Le altre donne sono rannicchiate nelle loro gabbie, gli occhi chiusi, le orecchie tappate per non sentire l'orrore della mia tortura.

All'improvviso la porta si apre con uno schianto, strappata dai suoi cardini. Sento Orso che abbaia e il ringhio di un orso molto vero.

Caleb.

Sapevo che sarebbe venuto.

Il pazzo si gira, gli occhiali finti gli cadono dal naso e il lurido camice da laboratorio gli ondeggia attorno alle gambe.

Emette un ringhio in risposta: demoniaco e furioso. Si trasforma nel suo mostro, ma Caleb lo ha già bloccato a terra. Orso – il mio prezioso e temerario cane – sta girando attorno ai due, abbaiando e ringhiando.

Caleb digrigna i denti e ringhia come un dio oscuro venuto sulla terra per sgominare il diavolo in persona.

Ma il mio aguzzino combatte come un folle. Anche lui ha una forza sovrumana, ed è totalmente privo di controllo. I due animali ringhiano e rotolano per la stanza, spaccando tutto, facendo cadere oggetti.

Caleb afferra il mio aguzzino e lo lancia dall'altra parte della stanza. L'uomo colpisce il muro e scivola a terra. Ma poi si alza di colpo, rovistando tra le attrezzature del laboratorio.

"Attento all'ago!" grido quando mi rendo conto che sta preparando una delle sue iniezioni. Non può fare prigioniero anche Caleb. Non può.

Caleb schiva l'ago e glielo fa cadere di mano. La siringa rotola e Rachel la afferra attraverso le sbarre della gabbia, incrociando il mio sguardo e facendomi un cenno con la testa.

Annuisco.

Caleb blocca il nostro aguzzino a terra ed emette un terribile ringhio, mentre gli colpisce la gola cono gli artigli. Un suono gorgogliante conferma la sua morte. Ma Caleb continua a colpire, aprendogli il petto e la pancia.

"Caleb!" grido.

Lui scuote la grossa testa e si gira verso di me. Le labbra si digrignano su feroci denti e ringhia ancora, più indiavolato di prima.

Le donne nelle gabbie strillano.

Sembra vederle per la prima volta, e ringhia ancora un po'.

Passa gli artigli sotto alle corde che mi legano i polsi, graffiandomi un po' la pelle.

Sussulto, ma mormoro rapidamente: "Sto bene."

Strappa le corde dall'altra parte, e sono libera. Mi siedo e mi levo l'ago da sotto l'unghia, gridando mentre lo faccio. Orso piagnucola al mio fianco, leccandomi la mano e il graffio insanguinato sul polso.

Caleb digrigna ancora i denti, alza la testa verso il soffitto e ringhia con forza la sua rabbia.

Mi alzo per perquisire il corpo del nostro aguzzino, alla ricerca delle chiavi delle gabbie, ma Caleb afferra la porta di una di esse con una grossa zampa e la strappa dai suoi cardini. Rachel solleva l'ago, pronta a piantargliela nel collo.

"No, non farlo!" strillo.

Rimane impietrita.

Caleb sbuffa e gliela fa cadere di mano con un colpo della zampa.

"Va tutto bene. Non, ehm… non ci farà del male." La aiuto a uscire dalla gabbia.

Caleb passa alla successiva, dalla quale pure strappa la porta. E poi quella dopo ancora.

"Usciamo da qui," dice Rachel correndo verso la porta.

Caleb si mette a quattro zampe, spingendoci di lato come se dovesse passare lui per primo.

"È tutto a posto. Non vi farà male, promesso," dico

loro, il cervello già in piena elaborazione nel tentativo di capire come spiegare loro del mio orso domestico.

Saliamo una serie di scale: ci teneva in una cantina, come sospettavo. Di sopra c'è una baita spoglia e sporca. Segni di un uomo che a malapena sapeva badare ai suoi bisogni personali.

Corriamo tutte fuori, anche se siamo a malapena vestite e non abbiamo giacche né scarpe.

Afferro la collottola pelosa di Caleb. "Vai a chiamare Caleb," gli dico con fermezza, tremando al freddo. Abbiamo bisogno di lui sotto forma umana adesso. Dobbiamo chiamare la polizia e forse anche un'ambulanza.

Lui scuote la grossa testa, come se non volesse lasciarmi.

Gli mostro la siringa che ho raccolto dopo che lui l'ha fatta cadere dalla mano di Rachel. "Sono piuttosto certa che sia morto, ma in caso, sono armata."

Caleb sbuffa e corre via, le grosse falcate che lo portano a risalire il versante della montagna a velocità incredibile.

"Che. Cazzo. Era. Quella. Roba?" chiede Julia.

"Ehm, il mio amico Caleb ha, ecco, un orso domestico. Cioè, non è proprio domestico, ma sono amici. È molto intelligente."

Julia, Rachel e Tracy mi guardano tutte e tre incredule.

Dannazione, sono una terribile bugiarda, ma ho promesso a Caleb che mi sarei portata il suo segreto nella tomba, e intendo mantenere la promessa.

"Non so voi tre, ma io non resto qui un minuto di più," annuncia Tracy avanzando nella neve a piedi scalzi.

"No, no, no," la chiamo. "Aspetta qui. Caleb verrà portando aiuti. Te lo prometto."

Tracy si guarda indietro, gli occhi socchiusi. "Sei fuori?

Hai detto a un orso di portare qui il tuo amico, e pensi che arriverà davvero? Tu sei matta come quel tipo là sotto." Indica verso la cantina.

"No, sul serio. Quell'orso ci ha appena salvato il culo, no? Ci porterà Caleb. Fidati di me."

Le sue labbra si tendono, ma ripercorre o suoi passi e tutte e tre torniamo dentro, perché fuori ci stiamo congelando. Trovo i miei vestiti insieme alla sua biancheria sporca, e me li metto. Non ho fortuna con i loro, ma non c'è problema, perché Caleb arriva di gran carriera lungo il vialetto terroso e si ferma. È fuori dal pickup e sta correndo verso di me prima ancora che possa pronunciare il suo nome.

Corro giù dai gradini e mi lancio tra le sue braccia.

"Caleb!" Improvvisamente sto piangendo. Singhiozzando, a dire il vero. "Sapevo che saresti venuto a salvarmi. Cioè, speravo che l'avresti fatto. E l'hai fatto. Grazie infinite."

"Cazzo, piccola. Cazzo. Sono così contento che tu sia viva. Sono così fottutamente contento." Mi sta facendo roteare lentamente, i miei piedi che neanche toccano terra. "Non avrei mai dovuto permetterti di andare via da qui. Aspetta… non è quello che volevo dire." Alza lo sguardo sulle tre donne che stanno sulla soglia. "Non importa, te lo dico dopo." Agita un braccio in direzione delle mie compagne prigioniere. "Salite sul furgone. Vi porto dallo sceriffo."

Il mio cuore sta ancora balbettando su quelle parole: *te lo dico dopo*. Ha qualcosa da dirmi? Riguardo al non andare via?

Ci stringiamo tutte nel pickup di Caleb – Orso incluso – e lui percorre un paio di miglia verso la città di Pecos, accostando davanti alla centrale dello sceriffo.

È un paesino piccolo, quindi la gente esce a vedere

cosa sia tutta questa confusione. Qualcuno riconosce le donne dalle locandine delle persone scomparse e le indica. Poi tutti stanno chiacchierando, avvicinandosi per avere informazioni, mentre noi entriamo nell'ufficio dello sceriffo.

Caleb mi prende la mano con fare protettivo, mentre entriamo, e il mio cuore fa una capriola completa. Raccontiamo la nostra storia cinque o sei volte a testa, allo sceriffo, che chiama un'ambulanza per portarci tutte e quattro a Santa Fe per un controllo. Caleb resta al mio fianco per tutto il tempo, la mia forte e silenziosa guardia del corpo. Lo sceriffo gli parla con rispetto. Caleb gli spiega che il mio cane è andato da lui, e così ha scoperto dove stavamo. Nessuna di noi lo contraddice: la storia dell'orso era troppo fantasiosa, comunque.

Non crede alla nostra storia dell'uomo che si trasformava in un mostro, fino a che Caleb e i suoi agenti sul posto non confermano che era vero.

Il resto della serata è un caos di storie che vengono ripetute dozzine di volte, e poi il controllo da parte dei medici all'ospedale.

Dopo essere partiti dalla centrale dello sceriffo, Caleb ha portato Orso a casa sua, e io sono andata a Santa Fe in ambulanza. Abbiamo mangiato solo pane e piccole razioni di acqua per la durata della nostra prigionia, e Rachel è già svenuta quando l'ambulanza arriva. Lei è quella che è rimasta lì più a lungo: otto mesi. Secondo tutti quelli che hanno saputo della storia, siamo fortunate a essere vive, considerato lo stato mentale del nostro aguzzino. Le famiglie delle altre donne vengono contattate, e l'ospedale sta cercando di tenere la stampa alla larga, per nostra privacy. Sono contenta che la mia scomparsa non sia mai stata denunciata: forse potrò starmene fuori da questa storia.

Caleb aspetta insieme a me nella stanza di ospedale. Sono seduta sul letto e lui sta sulla sedia accanto.

"C'è qualcuno che dovrei chiamare? I tuoi genitori o qualcun altro?"

"Oh, ehm…" La delusione mi colpisce come un pugno nel plesso solare. Per qualche motivo, avevo pensato che sarei tornata a casa di Caleb. Ma forse ho capito male.

Deve vedere la mia frustrazione, perché mi prende una mano. "Stasera mi prenderò io cura di te, ovviamente. Solo non volevo essere invadente. Sai, era per sapere se sia meglio informare qualcun altro di ciò che sta succedendo."

La felicità mi penetra dentro di nuovo. "Oh. No, potrò preoccupare i miei genitori in un altro momento con questa storia. Si spaventeranno a morte, ma posso aspettare a dirglielo."

Annuisce. "Bene. Stasera ti porto a casa mia."

La soddisfazione mi scorre dentro come un fiume. Di nuovo a casa di Caleb. Dove ho passato due dei migliori giorni della mia vita.

Mi prende il mento tra le mani. "Senti, Miranda. Non mi piace il modo in cui abbiamo lasciato le cose."

Mi lecco le labbra. "Co-cosa intendi dire?" Il mio cuore sta battendo velocissimo. Sono appena sopravvissuta a rapimento e tortura. Parlare di una relazione con Caleb non dovrebbe farmi venire i sudori freddi, eppure è così.

"Cioè…" Si passa una mano sulla barba. "Voglio continuare a vederti. Non voglio che le cose finiscano. So che hai la tua carriera…"

"Neanch'io voglio che le cose finiscano," dico d'impulso, sentendo poi avvampare il viso.

Caleb mi posa sulla nuca il grosso palmo della mano e mi tira in piedi, impossessandosi della mia bocca con tutta l'aggressività di un animale selvaggio.

Cedo felice, lasciando che affondi nella mia bocca con

la lingua, gemendo quando prende tra i denti il mio labbro inferiore.

"Allora siamo d'accordo." Caleb ansima quando interrompe il bacio.

L'infermiera si schiarisce la gola dalla soglia. "Il dottore ha firmato per le tue dimissioni. Potete fare il check out al banco."

"Ottimo." La guardo raggiante, prendendo la mano di Caleb e lasciando che mi conduca al suo furgone.

∼

Caleb

IO E MIRANDA DOVEVAMO PARLARE, ma sono stato troppo occupato a scoparla alla grande. L'ho presa sul mio letto. Sul pavimento del salotto. Sul divano. Addosso al banco della cucina. Di nuovo sul letto. Adesso è lì, una bambolina molle, e ansimante, mentre si riprende.

All'inizio sono stato delicato, sentendomi malissimo per la tortura che aveva subito e per il taglio che le ho accidentalmente fatto con gli artigli. Ma poi ho perso il controllo e ho dovuto prenderla con forza. In ogni posizione immaginabile.

L'ho tenuta sveglia tutta la notte. Ora che ho deciso che posso averla, sono famelico. Il mio orso vuole farla sua di continuo.

È strano che un orso abbia l'impulso di accoppiarsi per la vita. Ancora più strano che mi sia successo due volte. Ovviamente non mi posso accoppiare con Miranda. Non è una mutante. Ma il fatto che voglia farlo è un delizioso enigma. Mi sento più vivo di quanto non mi sentissi da anni. Qualsiasi cosa sembra possibile.

LA PREDA DELL'ALFA

Le scosto i riccioli rossi dalla faccia, meravigliato dal pallore della sua pelle. L'orso bruno e la dea della scienza, rossa di capelli. È una vera guerriera. Salva la Terra con la sua caparbia determinazione a catalogare e fare rapporto sul cambiamento del clima.

"Oggi devo tornare," sospira Miranda.

"Sì. A proposito..." Mi si secca la gola. Non so neanche cosa intendo chiederle. O almeno sono indeciso al riguardo. Voglio Miranda, e lei vive ad Albuquerque. Ma io sono un orso e appartengo alla foresta.

Miranda mi rivolge due grandi occhi verdi carichi di domande.

Deglutisco. "Potrei venire giù con te. Assicurarmi che arrivi sana e salva e che ti sistemi."

Miranda sorride, radiosa come non mai. "Sarebbe fantastico. Mi piacerebbe un sacco. Potresti restare tanto quanto vuoi. Cioè, se non devi tornare qui, o roba del genere."

Qualcosa si scioglie dentro di me e mi pizzicano gli occhi. Mi sto davvero concedendo di avere questa cosa. Di avere lei. Intendo davvero superare la mia tragedia passata e tornare a vivere.

Ruoto sopra di lei, sostenendomi sugli avambracci per proteggerla dal mio peso. "Non mi piace stare lontano dalla foresta, ma non voglio neanche stare lontano da te."

Il suo respiro si blocca e una lacrima luccicante appare nei suoi occhi. "Neanche io voglio stare lontano da te." Le sue labbra tremano.

Le tempesto di baci la fronte. Le tempie. L'attaccatura del naso. "Quindi verrò ad Albuquerque. Ti preparerò da mangiare e ti proteggerò. Vedremo come si comporta l'orso in cattività."

Le lacrime le scendono dagli occhi. "Non voglio che lasci casa tua, ma averti ad Albuquerque sarebbe fantastico. Promettimi che tornerai qui appena ti sentirai irrequieto. O quando ti stancherai di me."

Struscio i fianchi contro i suoi, mostrandole quanto velocemente si ripresenta il mio bisogno di lei. "Pensi che mi stancherò mai di questo?" La infilzo con la mia erezione e lei geme, indolenzita da tutto il sesso che abbiamo fatto.

Ho pietà di lei e lo ritiro fuori.

"E poi ho questo nuovo interesse di guardarti calpestare tutti i tuoi avversari nelle gare di Trivial. Sto pensando di portarti a Burbank per farti partecipare a *Jeopardy*."

Ride.

"Dico sul serio. Dovresti cominciare a giocare per soldi veri."

"Beh, possiamo venire qui nei fine settimana. Posso programmare il lavoro, organizzandolo su tre giorni alla settimana. Anche se dovrai procurarti il WiFi. Sarà possibile?"

"Se il WiFi serve a tenerti qui, bella mia, lo installerò. Ti voglio felice. E ti voglio insieme a me."

"Ti va bene? Stare insieme a un'umana? Cioè, non è contro le regole?" Arrossisce in quel modo che ho imparato ad amare.

"Non è raccomandato. Già, diciamo che in parte è contro le regole. Non me ne frega un cazzo."

Mi afferra l'uccello e lo guida dentro di sé un'altra volta. "Non puoi stuzzicarmi così e poi lasciarmi in sospeso." Il suo tono sensuale mi avvolge di pura beatitudine.

I miei denti si allungano per marchiarla. Gemo, ma non posso cacciare via il piacere. Mi scorre dentro come una droga potente. "Miranda, ti devo dire una cosa." È difficile anche solo formulare le parole.

Smette di dondolare con le anche e mi guarda. "Cosa c'è?"

"Gli orsi di solito non si accoppiano per la vita. Molti sono poligami. Ma a volte succede." L'eccitazione pervade la base della mia schiena, sento le palle rigide.

"Ooook." Vede i miei denti e sgrana gli occhi.

"Però faccio fatica a tenere a bada l'orso. Vuole che ti marchi come mia compagna."

Osserva i miei denti affilati. "Cosa significa?" Non è niente più che un sussurro.

"Significa un morso. Un morso d'amore. Per imprimere il mio odore dentro di te. E tenere alla larga gli altri maschi."

"Ok."

"Ok?" Non mi aspettavo che accettasse. Stavo solo cercando di spiegare che stavo facendo fatica a impedire ai denti di allungarsi.

Annuisce, praticamente raggiante.

"Tesoro, potrebbe lasciarti una cicatrice. E farà sicuramente male." Non posso smettere di dondolare dentro di lei, non posso evitare che i miei occhi ruotino indietro per il piacere.

"Dove me lo darai?"

Darai, non *daresti*. Sta accettando la cosa senza alcuna protesta. La mia femminista indipendente vuole il mio morso del possesso.

"Oh cielo." Adesso quasi non riesco più a trattenermi. "Dimmelo tu, tesoro. Di solito è alla base della nuca, ma posso morderti la coscia o su qualsiasi altro punto dove non si veda. Cazzo, Miranda, non riesco più a trattenermi."

"Mordimi!" Si inarca, spingendomi in faccia quelle enormi e meravigliose tette.

La mandibola scatta e l'ho fatta mia prima ancora che abbia il tempo di tirarmi indietro. I denti affondano nella carne della sua spalla, proprio nel mezzo del suo grazioso tatuaggio.

Grida, ma giuro sulla mia testa che è anche un orgasmo.

Vengo anche io. *Forte.*

Sono già venuto una mezza dozzina di volte nelle scorse dodici ore, ma sembra che non ci sia fine all'essenza che scorre fuori da me. La riempio, costringendo la mia mandibola ad allentare e leccando via il sangue mentre ancora pompo dentro di lei.

Mi stringe con le braccia, piangendo un po'. E un po' ridendo.

"Scusa. Scusa, tesoro. Dimmi che stai bene."

"Sto bene. Fa male, ma non è così profondo. Guarirà."

"Lascerò che anche tu mi marchi in tutti i modi che vuoi," le giuro, desideroso di offrirle qualcosa in cambio.

Ride rilassata. "Ah sì? Ti tatueresti il mio nome sul petto?"

"Tutto quello che vuoi," le prometto.

"Sto solo scherzando," dice sottovoce. "Voglio solo te."

"Mi hai, tesoro. Sono qui."

Continuo a leccare la ferita, perché il siero nella mia bocca dovrebbe aiutarla a guarire più velocemente. Spero davvero che guarisca presto, perché mi sentirò una merda per tutti i giorni in cui le farà male.

"Caleb?" La sua voce è morbida e tentatrice.

"Sì, tesoro?"

"Onorerò sempre il ricordo di tua moglie e di tua figlia, al tuo fianco. Non voglio che ti sembri mai inopportuno parlare di loro o di ciò che avevate insieme."

Mi bruciano gli occhi e affondo la testa nell'ansa del suo collo. Questa donna è troppo. Troppo buona. Non mi fa scegliere tra passato e presente. "Miranda," dico con voce strozzata. "Sei la mia salvezza, lo sai? Mi hai riportato in vita."

"E tu mi hai donato me stessa," risponde.

"Cosa significa?"

"Intendo dire che mi hai aiutata a sentirmi bene con me stessa. Ad accettare il mio corpo. Il mio cervello. Non ti devo dimostrare nulla. Tu mi celebri per quello che sono."

"Perché sei già perfetta," le dico.

Le sue labbra trovano il mio collo e ci piantano sopra dei morbidi baci. "Ti amo, Caleb."

"Anch'io ti amo, tesoro."

EPILOGO

Miranda

"Orso! Torna qui!" Corro su per il sentiero di montagna, aggirando un masso giusto in tempo per scorgere di sfuggita la coda del mio cane che scompare in mezzo agli alberi.

È partito, abbaiando. Lo inseguo, rabbrividendo per un piccolo flashback del mio rapimento di qualche mese fa. Il bosco è sicuro adesso.

Un'ombra cala su di me. "Cosa ti ho detto sulle passeggiate solitarie nel bosco?"

Mi giro di scatto, sussultando di paura, fino a che i miei occhi non si posano su Caleb, che viene fuori da dietro a un grosso albero.

"Omioddio, Caleb, mi hai spaventato a morte."

Con un ringhio allegro mi si avvicina, mi solleva e mi bacia con forza. Le mie gambe si stringono attorno ai suoi fianchi, i miei seni si gonfiano e strusciano contro il suo petto. Il suo petto sodo e nudo. Mmm...

Siamo tutto un groviglio di labbra e lingue, con Orso che ci saltella attorno abbaiando.

"Attenta, signorinella," ringhia. "Non è sicuro qua fuori tutta sola."

"Perché? C'è un grosso orso cattivo che potrebbe mangiarmi?"

"Proprio così." Mi stringe il sedere, poi mi assesta una bella sculacciata.

"La chiamata all'accoppiamento dell'orso mannaro di montagna," mormoro.

"Lo conosci." Mi sono appena trasferita quassù definitivamente, e siamo ancora nella fase luna di miele. Caleb ha fatto installare il WiFi e io ho ottenuto un sovvenzionamento per la ricerca, il che mi permette di vivere e lavorare quassù in montagna.

Ho scoperto che lasciare i miei colleghi e uscire dalla vita frenetica dell'università è stata la migliore decisione che abbia mai preso. Non sono mai stata tanto felice in vita mia.

"È arrivata una cosa per te." Caleb tira fuori una lettera dalla tasca.

Scorgo il nome della rivista scientifica a cui ho presentato la ricerca e gli strappo la busta di mano, aprendola a tempo di record.

La apro, leggendola più veloce che posso. "Sì!"

Caleb inarca le sopracciglia, curioso.

"È un sì! Hanno accettato di pubblicare la mia ricerca e mi hanno invitata a presentare la conferenza annuale! È roba grossa!"

"Congratulazioni!" Caleb mi tira su e mi fa ruotare. "Ce l'hai fatta. Lo sapevo. Sei fantastica!"

"Grazie, grazie, grazie." Gli bacio l'orecchio e la tempia, ovunque arrivino le mie labbra.

Ride. "Per che cosa mi stai ringraziando?"

"Per avere creduto in me. Per avermi fatta felice. Per questa vita."

Mi stringe più forte, così tanto che quasi non riesco a respirare. "Cazzo, ti adoro tesoro."

"Ti amo tantissimo, Caleb."

Mi appoggia a terra, intrecciando le dita alle mie e riaccompagnandomi verso la baita.

"Dove andiamo?" Rido, anche se so già la risposta.

"A festeggiare. Nudi. Per tutto il pomeriggio."

"Uhm…" Fingo di pensarci su. "Sì, penso che sarebbe un buon contributo alla mia ricerca." Lo guardo raggiante, la mia felicità che straripa attorno a me.

Mi prende tra le braccia come se non pesassi niente e mi porta dentro alla baita, dove so che si assicurerà di farmi raccogliere tutti i dati necessari.

ALFA RIBELLI

Tentazione Alfa
Pericolo Alfa
Un premio per l'Alfa
Una sfida per l'Alfa
Obsessione Alfa
Desiderio Alfa
Guerra Alfa
Missione Alfa
Tormento Alfa
Segreto Alfa
La preda dell'Alfa
Il sole dell'Alfa
La Luna Dell'Alfa

Sangue Alfa

OTTIENI IL TUO LIBRO GRATIS!

Iscrivetevi alla newsletter di Renee per ricevere Indomita, scene bonus gratuite e notifiche riguardo a nuove pubblicazioni!

https://subscribepage.com/reneeroseit

Vegas Underground

ALTRI ROMANZI DI LEE SAVINO

Romanzo Paranormale

La Saga dei Berserker. Questi valorosi guerrieri non si fermeranno di fronte a niente per rivendicare le loro compagne…Comincia con <u>Venduta ai Berserker</u>.

Alfa ribelli, con Renee Rose (cattivi ragazzi licantropi) – comincia con Tentazione Alfa.

Romanza Fantascienza

Compagno brutale con Tabitha Black
Rapita dagli alieni. Ceduta a una razza aliena. Messa all'asta. Ma, invece di essere venduta al miglior offerente, vengo salvata da uno dei Brutali.

La prigioniera aliena con Golden Angel
Il comandante esige obbedienza. Intende reclamarmi, addestrarmi e trasformarmi nel suo perfetto piccolo trofeo del piacere.

Romanzi Contemporanei

La bella e i boscaioli
Dopo quest'ultima stagione di taglio del bosco, chiuderò con il sesso.
Per… un certo numero di ragioni.

Il principe scapestrato
Non mi innamorerò del mio arrogante e irritante capo che si proclama
dio del sesso. No. Neanche per sogno.

Il Mio Daddy È Un Marine
Il mio fichissimo eroe dei marine vuole che lo chiami papà…

Contesa tra due "paparini"
Sono presa tra due fuochi: due "paparini" dominanti, amicissimi tra
loro, che però competono sempre su tutto.

La bambina del cowboy con Tristan Rivers
Non avrei mai pensato che mi sarei ritrovato con una ragazzina
selvaggia da domare in prima persona.

L'AUTORE

L'autrice oggi bestseller negli Stati Uniti Renee Rose ama gli eroi alfa dominanti dal linguaggio sboccato! Ha venduto oltre un milione di copie dei suoi romanzi bollenti, con variabili livelli di erotismo. I suoi libri sono comparsi su *USA Today's Happily Ever After* e *Popsugar*. Nominata *Migliore autrice erotica da Eroticon USA* nel 2013, ha vinto come autrice antologica e di fantascienza preferita dello S*punky and Sassy*, come miglior romanzo storico sul *The Romance Reviews* e migliore coppia e autrice di fantascienza, paranormale, storica, erotica ed ageplay dello *Spanking Romance Reviews*. È entrata otto volte nella lista di *USA Today* con varie antologie.

Iscrivetevi alla newsletter di Renee per ricevere scene bonus gratuite e notifiche riguardo a nuove pubblicazioni!
https://www.subscribepage.com/reneeroseit

L'AUTORE

Lee Savino è una fra le migliori scrittrici di libri erotici 'smexy' al giorno d'oggi negli Stati Uniti. 'Smexy' nel senso di 'smart e sexy': storie sensuali ed argute. La puoi trovare nel gruppo Goddess in Facebook ed è possibile scaricare un suo libro gratuito su www.leesavino.com!

Ricevi un libro gratuito, **Allevata dai Berserker** (solo per i fan più sfegatati iscritti alla newsletter di Lee). **Clicca qui per cominciare**

f

Milton Keynes UK
Ingram Content Group UK Ltd.
UKHW020629140524
442690UK00001B/24